徳間文庫

腰さわぎ。

草凪　優

JN283267

徳間書店

目次

第一章　かまってほしいの

1

「ねえ？　わたしって、女として魅力あるかしら」

水沢由里がしなをつくってささやいた。Ｌ字型のソファは四、五人も座れそうなほどスペースがあるのに、肩が触れあう距離まで身を寄せてくる。

「祐作くんみたいな若い男の子には、もうおばさんって感じ？」

生温かい吐息をふうっと耳に吹きかけられ、

「いえ、そんな……」

谷島祐作はひきつった顔を左右に振った。耳への吐息で体の芯《しん》がぶるるっと震え、後退《あとずさ》ろうとすると、ぎゅっと手を握られた。

「まずいですよ、奥さん……」

身をすくめる祐作に、由里が意味ありげな笑みを浮かべた顔を近づけてくる。

最近三十歳になったばかりという由里は、いかにもお金持ちの人妻という雰囲気の、麗しい顔をしていた。

卵形の輪郭の顔に、ゴージャスにカールした髪。眼鼻立ちはくっきりと端整で、切れ長の眼が魅惑的だ。

その眼が妖しく細められ、じゅんと潤んだ。

薔薇《ばら》色の唇が卑猥《ひわい》に尖《とが》って、口づけをされてしまう。

「……うんんっ！」

眼を白黒させる祐作の唇を、由里はまずそっとやさしく、やがてむさぼるように吸いたててきた。

ここは由里の家の広々としたリビングルーム。

北欧ふうの一軒家で、リビングの天井は吹き抜け。パイン材を使った床と、庭から吹きこんでくるさわやかな午後の風がロハスなムードを漂わせ、絵に描いたような成功者の城である。

夫はエリート銀行員だというから、実際成功者なのだろう。

祐作は二十歳《はたち》で、オーガニック食材を売りにした〈やさしいごはん〉というデリカテッセンのデリバリ・ドライバーだった。

〈やさしいごはん〉は、コンビニやスーパーで売られているよりもいささか気取った惣菜《そうざい》を、いささか高めの料金で提供している。宅配になるとさらに高い。それでも、共働きの夫婦や、主婦なのに料理が苦手という女性に重宝され、業績はうなぎのぼりだった。

由里は常連客のひとりで、週に四日は利用してもらっているから、かなりのヘビーユーザーと言っていいだろう。

必然的に祐作と顔を合わせる機会も多くなり、最近ではちょくちょくお茶をご馳走《ちそう》してもらっている。

由里は、なるほどエリートバンカーはこういう女性を妻に娶《めと》るのだな、と思わせるタイプだった。

顔立ちが整っているだけではなく、女らしい凹凸に富んだスタイルが麗しい。話し方も振る舞いも落ち着いていて、洗練されている。

そして、料理は苦手でも、身だしなみには余念がなかった。専業主婦だからずっと家にいるはずなのにメイクは欠かさず、セミロングの髪はいつもふんわりとセットされ、庭の植木に水をやっているときでさえ華やかな柄のスカートを穿《は》いている。

最初は玄関先で飲み物を出されるだけだったが、やがて庭のベンチに招いてくれるようになり、世間話に付き合わされるようになった。

「一日中家にいると、話相手が欲しくなっちゃって……」

という由里の話は友達の噂《うわさ》とテレビの話題が中心で、はっきり言って退屈だったけれど、祐作はなるべくゆっくりお茶を飲み、一生懸命相づちを打った。

由里がすこぶる付きのいい女だったからだ。

十も年上の人妻をつかまえて「いい女」とはいささか不遜《ふそん》な言い方だけれど、それがいちばんぴったりきた。顔立ちの美しさはもちろん、全体は細めなのに豊かにふくらんだ胸元や、艶《なま》めかしくくびれた腰のラインに、欲望を揺さぶり抜かれた。

なにしろ、たたずまいは淑《しと》やかでも、そこは三十路《みそじ》の人妻。全身から匂いたつ色香を隠しきれない。

(こんなに綺麗なのに、人妻だもんなあ……)

由里を眺めながら、いままで何度、胸底で溜め息をもらしたことだろう。

人妻ということは、夜になり、ベッドに入れば、夫婦生活を営んでいるのである。いまどき珍しく夫にかしずいているタイプに見えるから、ベッドのなかでも奉仕好きなのかもしれない。濃厚なフェラチオはもちろん、夫の全身が唾液まみれになるまで舌を這《は》わせているかと思うと、背筋がぞくぞくしてきていても立ってもいられなくなってくる。

恥ずかしながら――。

祐作は二十歳になったのに、いまだ童貞だった。童貞の妄想が暴走するのは、自分自身でもとめることができない。

（だいたい……）

専業主婦なのに料理が苦手、というところが妙にそそるではないか。料理ができなくても男が離したくないような、特別ななにかを勘ぐりたくなる。美人なだけでなく、すさまじい床上手という可能性は大きい。

「ふふっ、それでね、この前ＯＬ時代の先輩が結婚したんだけど、やっぱり熟婚は考えものよねえ、花嫁に初々《ういうい》しさが全然ないもの……」

優美に微笑《ほほえ》みながら話をしている由里が、夫に股を割り裂かれているところを想像してみる。みずから男のものを咥《くわ》えこみ、お淑やかな美貌をくしゃくしゃにしてよがり泣いているところを思い浮かべると、せつないほどにイチモツが硬くなっていった。

そんな由里が、今日初めて、リビングまであげてくれた。

「あら、ボタンが取れちゃいそう」

祐作の胸を指差し、由里は言った。〈やさしいごはん〉の制服はボウリングシャツに似たもので、その胸ボタンが糸一本で繋《つな》がっている状態だったのである。

「直してあげるから、あがって上着を脱いで」

「いえ、悪いですよ」

「遠慮しないでいいの。わたし、お料理は苦手だけど、お裁縫は得意なんだから」

うながされてリビングにあがり、広々としたソファに腰をおろした。

ところが、制服の上着を脱いで渡すと、由里の表情は一変した。

「……ずいぶん……逞《たくま》しいのね？」

Tシャツ姿になった祐作を、恥ずかしそうな横眼で見やる。どういうわけか、白く冴《さ》えた頬がピンク色に染まっていく。

祐作はとくにスポーツをしているわけではないけれど、筋肉質だった。Tシャツの生地に包まれた胸板は厚く、二の腕もがっちりと太い。

「顔はまだ少年っぽいのに、体だけそんなに逞しいなんて……なんだかエッチな感じ」

「エ、エッチですか……」

祐作はしどろもどろに苦笑した。

「そんなこと言われたの、初めてだなあ……」

「モテるでしょう？」

由里が祐作の顔色をうかがって眉をひそめる。

「モテません」

祐作はきっぱりと言いきった。容姿はごく普通だと思うが、異性を――とくに同世代の女を前にすると極端な引っ込み思案になってしまうので、モテないことにかけては自信があった。

「彼女は？」

「いるわけないじゃないですか」

祐作が苦笑してうつむくと、

「へええ……」

由里は制服の上着を体の向こうにうっちゃり、じりっと迫ってきた。若草色のぴったりしたニットの下で、胸のふくらみがタップンと揺れる。

「淋しくないの、彼女いなくて？」

「どうしたんですか、由里さん。なんか……眼つきがおかしいですよ？」

「そう？」

由里は笑った。いつもとは違う、淫靡《いんび》な笑い方だった。

「女はね、月に一度、眼つきがおかしくなる日があるのよ。わたし、今日がその日なんだけどなあ……」

笑い方が淫靡さを増していき、意味ありげに親指の爪を噛《か》んだ。にわかに増してきた淫らな緊張感に、祐作はごくりと生唾《なまつば》を呑みこんだ。

2

冬になると頰をヤスリで削るような冷たい北風が吹くことで知られる、北関東の地方都市で生まれた祐作は、そこで高校卒業まで過ごした。

子供のころから頭のデキがいいほうではなかったので、大学への進学は早々に諦《あきら》め、かといって専門学校に進むこともなく、十八歳で漠然と東京に出てきた。

本当に漠然とだった。

自分でも将来なにをやったらいいのか、なにができるのかさっぱり見当がつかなかったので、東京でそれを探そうというのが、上京の唯一の目的だった。けれども、そんな若者に対して都会の風は北関東の冬の風よりも冷たかった。

友達もできず、アルバイトも続かず、すぐそこににぎやかな喧噪《けんそう》があるにもかかわらず、自分ひとりまったく関わりのない、砂を嚙むような毎日を過ごしていた。

女なんて論外だった。

高校時代はいつだって、クラスのモテない男の首位争いをしており、悪友たちのセックスにまつわる自慢話ばかりを聞かされつづけていたので、東京の垢抜《あかぬ》けた女の子を彼女にして一発逆転してやろうと思っていたものの、そんな徴候はこれっぽっちも見えないまま、二十歳の誕生日を迎えてしまった。

男にとってなによりも恥ずかしい「やらずの二十歳」、「ヤラハタ」になってしまったのである。

あのときは本当に心が折れそうだった。

二十歳の誕生日はいまでも忘れられない。彼女どころか友達のひとりさえできない絶望的な状況のなか、始めたばかりの倉庫整理のアルバイト先でいじめに遭って逃げだして、ひとり繁華街のゲームセンターで格闘ゲームをやっていたのだ。あのとき、あの人と偶然再会し、声をかけられなければ、尻尾《しっぽ》を巻いて田舎に帰っていたかもしれない。

「よお。おまえ祐作じゃねえ？」

高校の二年先輩である、菊川健之《たけゆき》だった。

「あっ、先輩っ」

祐作はプレイ中のゲームをうっちゃって立ちあがり、直立不動で気をつけをした。

菊川は地元で有名なワルのなかのワルだった。

顔立ちこそ優男《やさおとこ》の部類に入るものの、喧嘩十段と恐れられていた暴れん坊で、祐作は高校時代の一時、菊川率いるワルのグループで使いっぱしりのようなことをさせられていた。パシリの祐作にとって菊川は遥《はる》か雲の上の存在だったが、菊川は理不尽に後輩をいじめるタイプではなく、喧嘩をするのは自分より強そうな相手か、大人数と決まっていたので、祐作にはいつでも気さくに声をかけてきてくれた。「おい、祐作」と。「連れション行こうぜ」と。

菊川は誰かと連れだって小便をするのが大好きな男だったのだ。

トイレはもちろん、河原や路地裏や民家の塀や、外でもよく並んで立ち小便をした。おかしな趣味と言えば趣味だし、常識的に褒められたことでもないだろうけれど、祐作は菊川に連れションに誘われるたびに嬉しくてドキドキした。普段は恐ろしい存在の先輩と肩を並べて小水を放っていると、もちろん玉が縮みあがるほど緊張もしてしまうのだが、自分もちょっと偉い存在になれたような気がするからだった。

「……なにやってるんだよ、こんなところで」
三、四年ぶりに再会したにもかかわらず、菊川はそんなブランクをまったく感じさせない明るい笑顔を向けてきた。地元にいたときのようにヤンキー丸出しのファッションではなく、綺麗めなカジュアルをすっきりと着こなしており、すっかり東京に馴染《なじ》んでいる様子だった。

「なにって……」

祐作は顔をこわばらせて口籠《くちご》もった。

「自分もその……田舎を出て東京に来たんですけど……なにやってもうまくいかなくて……友達ひとりできないし……」

「しみったれた顔するんじゃねえよ。よし。俺がメシ奢《おご》ってやっからついてきな」

菊川に連れられ、近くにあったファミリーレストランに入った。しかし、菊川には連れがいた。三十前後の女だった。純和風の細面に長い黒髪がよく似合うすさまじい美人のうえ、友達とか仲間の範疇《はんちゅう》にはいない落ち着いた大人の雰囲気を漂わせていた。身に着けた服やアクセサリーも、ひと目で高級品だとわかった。

ファミリーレストランの席に着くと、菊川は彼女を紹介してくれた。

「この人、俺の嫁さん。梨乃《りの》っていうんだ」

「はあ？」

祐作はあんぐりと口を開いた。菊川はふたつ年上だから、まだ二十二歳。その年で結婚とは驚きだった。それに梨乃はたしかに美人だったけれど、菊川とは年齢的に釣りあいがとれていない感じがする。

「なんだよ、そのリアクションは」

菊川がナイフのような眼で睨《にら》みつけてくる。

「梨乃と俺じゃ、美女と野獣ってか？」

「ち、違いますよ……」

「やめなさいよ、あなた」

梨乃が菊川をたしなめた。

「女のほうがおばさんなんで、結婚してるように見えなかったんでしょう？」

「いえ、そんな、おばさんなんて……」

祐作はあわてて首を横に振った。

「そんなことは一ミリだって思ってません。そうじゃなくて、先輩が結婚してたことに驚いたっていうか……」

「つい最近のことなんだけどな」

菊川は険しい表情をといて笑った。

「べつにできちゃった結婚じゃないぜ。そうじゃなくて、そろそろきっちり身を固めて仕事に励もうと思ったのさ。結婚と同時に、ふたりで店を始めたんだ」

「はあ、店ですか。すごいですね」

そんな話を祐作はまったく知らなかった。東京でくすぶった生活を送っているので、地元に帰って近況を聞かれるのを嫌い、上京して以来一度も帰省していなかった。おかげで地元の情報にすっかり疎遠になってしまっていたのだ。

菊川の近況をかいつまんで言うと、こういうことらしい。

三年前、高校を卒業した菊川は、祐作と同じように漠然と東京に出てきて、漠然とアルバイトをする日々を送っていた。祐作と違うのは、アルバイトをしていたデリカテッセンで梨乃と知りあって恋に落ち、将来を誓いあうまでの仲になったことだった。

付き合いはじめた当初は知らなかったらしいが、梨乃はそのデリカテッセン〈やさしいごはん〉の社長の二女だった。〈やさしいごはん〉は一店舗だけの店ではなく、都内十数か所にチェーン展開しており、有名百貨店にも支店を出している。

つまり、梨乃はお金持ちのお嬢様だったわけだ。当然、フリーターの菊川との結婚など親が許すはずもないのだが、梨乃が菊川にかける熱意も相当なものだったらしく、粘りに粘って結局親を説得してしまったらしい。そうなってみると、梨乃の親としてはさすがに娘婿をフリーターのままにしておいたのでは外聞が悪く、直営店のひとつを夫婦で切り盛りできるようにした――というのが「店を始めた」真相だった。

祐作は唸《うな》った。

菊川らしい話と言えば話である。

昔から異常に悪運の強い人だっだ。

高校時代、土地のやくざ者とモメたとき、相手の親分が菊川の男っぷりを見込んで事なきを得たり、お祭りの縁日で喧嘩になった男を半殺しにしてしまい、これは間違いなく少年刑務所入りだと見ていた仲間を青ざめさせた事件でも、相手が指名手配中の強盗犯かなにかで、逆に警察から感謝状をもらったという逸話まである。

そんな菊川だから、美人のお嬢様と結婚して逆玉の輿《こし》に乗ったとしても、おかしくはないような気がした。

「それで、おまえは東京でなにやってんの?」

菊川がファミレスの薄いコーヒーを啜《すす》りながら訊《たず》ねてきた。

「大学は……おまえみたいなボンクラじゃいけるわけねえか。なんかバイトでもやってるのか?　さっきは友達もいないなんてボヤいてたけどさ……」

「はあ……」

祐作はハンバーグライスを食べていた手をとめた。菊川に比べてあまりにみじめな自分の境遇を、包み隠さずすべて話した。途中、何度か涙ぐんでしまった。それでも話すことがやめられなかったのは、人とまともな会話をすること自体が、しごく久しぶりなせいだったからだろう。

「……なるほどな」

話を聞きおえた菊川は腕組みをしてうなずいた。

「金もなし、女も仕事もないないづくしか」

「ホント、自分でも情けなくなってくるんですけど……」

祐作は深い溜め息をもらした。お腹《なか》が空いていたはずなのに、半分以上残っているハンバーグライスに手を伸ばす気にはならなかった。

「おまえ、クルマの免許もってる？」

「えっ？　はい、いちおう……」

「よし。じゃあ、明日からうちの店で働け」

菊川はニヤリと笑ってそう言った。すごむと背筋が凍りつくほど怖い菊川だが、笑うとひどく人懐こい表情になる。

「いいだろ、梨乃。こいつにデリバリのドライバーやらせれば、俺は厨房《ちゅうぼう》の仕事に専念できるから」

「そうね」

梨乃もにこやかにうなずき、

「祐作くん、いい人そうだし、明日から一緒に頑張ろう」

白い手を差しだしてくれ、握手をした。

というわけで、祐作の二十歳の誕生日は逆転ホームランの日となった。さすがに「ヤラハタ」の恥辱までは拭いさることはできなかったけれど、大都会で食べていくための仕事と、ささやかな居場所を見つけることができたのである。

3

「ぅんんっ……ぅんんんっ……」

午後の陽射しがまぶしく差しこむ水沢家のリビングで、濃厚なキスが続いている。

由里の唇は小さいのにぽってりと厚く、たまらなく肉感的だった。

それがいやらしく収縮しながら、祐作の口を吸ってくる。

ぬるりと差しだされた舌が唇の合わせ目を舐《な》めまわし、祐作が口を開くと、淫らがましくうごめきながら侵入してきた。

（これが……これが先輩の言ってた「役得」か……）

三十路の人妻のこってりしたディープキスに翻弄《ほんろう》されながら、祐作は思いだした。〈やさしいごはん〉で働きはじめた初日、菊川が耳打ちしてきたことを。

「この仕事、体力的にはきついけど、びっくりするような役得があるんだぜ」

「へえ、いったいなんです？」

「それはやってみてのお楽しみ」

菊川はムフフと意味ありげに笑うばかりで詳細は教えてくれなかったけれど、仕事を始めてしばらくするとあることに気づいた。

オーガニック食材を売り物にした高価な惣菜をデリバリで頼むような主婦は、どういうわけか美人が多かった。

配達する地域が山の手の高級住宅地ということもあるだろうが、みなそれなりに裕福なうえ、料理にかける手間暇を美容にかけているからかもしれない。美しいだけではなく、身なりもたたずまいも洗練されていた。

そんな美人妻たちに、「頑張ってね」とねぎらわれるのは嬉しかったし、なかには由里のようにお茶を出してくれる人もいる。それまでどんなアルバイトをやっても長続きしなかった祐作なのに、仕事にやり甲斐《がい》を感じはじめていた。

とはいえ、まさかここまで露骨に誘惑されることがあるとは、夢にも思っていなかったが……。

「うんあっ……」

由里が舌をからめながら、薄眼を開けた。ねだるような視線がいやらしすぎて、祐作は身動きがとれなくなってしまう。

すると由里は、みずから祐作の手を取って胸のふくらみに導いた。

(うわあっ！)

若草色のニットに包まれた丸い隆起を手のひらに感じ、祐作は胸底で絶叫した。

たまらない丸みだった。手のひらにずっしりとくる量感もすごい。やわやわと揉《も》みしだくと、ブラジャーの硬いカップ越しにも、乳肉の生々しい感触が伝わってきた。

(たまらない……たまらないよ……)

祐作の鼻息がみるみる荒くなっていったので、

「……おっぱいが好きなんだ？」

由里はキスをといて微笑んだ。

特別おっぱいだけが好きなわけではなかったけれど、祐作は首が折れそうな勢いでうなずいた。

「じゃあ、脱がせて」

由里がバンザイするように両手をあげる。見た目はお上品な人妻なのに、なんという大胆さだろう。

祐作は震える指先で、ニットの裾《すそ》をつまんだ。ぺろりとめくりあげると、抜けるように白い肌とノーブルな縦長の臍《へそ》、そして、蜜蜂《みつばち》さながらに艶めかしくくびれきったウエストのラインが露《あら》わになった。

「どうしたの？　早く脱がして」

由里がくねくねと腰を振る。あまりの興奮に頭が真っ白になっていた祐作は、必死に気を取り直してニットをまくっていった。

ブラジャーが見えた。

色はピンクベージュ。サテン素材のカップがつやつやした光沢を放ち、縁が白いレースで飾られている、悩殺的なランジェリーだ。童貞の祐作にさえ、ひと目で高級ブランド品だとわかった。

（いいのか……本当にいいのかよ……）

指だけでなく、全身が小刻みに震えだしてしまう。

由里は専業主婦であり、夫の稼ぎだけで暮らしている優雅な身分だ。エリートだという夫はきっと、家に囲いこんだ妻にいつまでも美しくいてもらいたいと願って、仕事に励んでいるに違いない。

つまり、由里が下着までこれほど贅沢《ぜいたく》なものを身に着けているのは、夫の力なのだ。彼女の美しさも、優雅さも、隠しきれない濃密な色香も、すべては夫のものなのである。

それを、こんなふうに横からさらってしまっていいものなのか？

「ああんっ……」

ニットを頭から抜くと、由里は乱れた髪を振り、妖しい流し目で見つめてきた。羞《は》じらいと媚《こ》びが入り混じった、ぞっとするほど悩ましい眼つきだ。

「ふふっ。いいわよ、触っても」

恥ずかしげに身を揺すりながら、体を密着させてくる。すべすべとなめらかな柔肌が二の腕に触れ、祐作はぞくりとした。窓からはさわやかな午後の風が吹きこんでいるのに、驚くほど熱く火照《ほて》っている。

「お、奥さんっ！」

祐作は声をあげて由里にむしゃぶりついた。彼女の夫に悪いと思いつつも、こみあげてくる獣の衝動が体を突き動かし、余計なことなど考えられない。

「きゃあっ！」

由里をソファに押し倒した祐作は、恥ずかしいほど震えている両手で、ピンクベージュのブラジャーをつかまえた。

（すげえっ……）

サテンのつるつるした触り心地が、妖しすぎた。

あまりの妖しさにたじろいでしまい、まずは軽く撫《な》でさすってみる。ただそれだけで、背筋にぞくぞくと歓喜の震えが這いあがっていく。

息を呑んで指に力をこめると、乳肉の柔らかさが生々しく伝わってきた。

夢中で揉んだ。

ブラ越しに揉んでいるだけでこんなに興奮してしまうとは、生乳を揉んだらいったいどうなってしまうのだろう――考えただけで身震いがとまらなくなってしまう。

「んんっ……んんんっ……」

胸のふくらみを揉みくちゃにされ、由里はくぐもった声をもらした。瞳の潤み方が尋常ではなく、眼の下がねっとりと赤く染まっている。まるで、もっと揉んでと訴えているように。

（生乳どころか……）

すっかりその気になっている由里は、最後までさせてくれそうだった。

ということは、これは二十年間付き合ってきた童貞とおさらばできるチャンスということである。

しかも、相手は麗しき三十路の人妻。

きっと優しくリードされながら歓喜の瞬間を迎えられるに違いないと思うと、祐作の心臓はすさまじい勢いで早鐘を打ちはじめた。

4

「ねえ、暑いわ……」

由里にトロンとした眼を向けられ、祐作の息はとまった。

「もう脱がして。ブラの下、汗ばんできちゃった」

「は、はい……」

祐作は瞬《まばた》きも呼吸も忘れたままうなずいた。

カップの妖しい感触に興奮し、ブラの上からたっぷりと揉みしだいてしまったので、たしかにその下の隆起が汗ばんできていた。

「でも……」

祐作は気まずげに視線を泳がせた。

ここは一軒家のリビングのソファの上である。庭に面した窓が開け放たれていて、真昼の陽光が燦々《さんさん》と差しこんでいる。こんな状況で下着を脱がせていいのだろうか？

「大丈夫よ」

由里は微笑み、

「お庭の先には背の高い塀があるから、道路から家の中までのぞけないもの」

「そ、そうですか……」

祐作は声をひきつらせてうなずいた。見た目はどこまでも淑やかで奥ゆかしいのに、いざとなったら三十路の人妻は驚くほど大胆である。

「お願い」

由里はソファの上でうつぶせになり、背中を向けてきた。

ブラジャーのホックをはずしてくれということらしい。

祐作は透明感のある真っ白い背中に眼を見張りつつ、おずおずとブラのホックに手を伸ばしていった。

指が震えていた。

二十歳にしてまだ童貞の祐作には、もちろんブラをはずした経験がなかった。

「ああんっ、そんなに引っ張らないで」

由里にたしなめられながら、なんとかはずした。どういう構造になっているのか、はずし終えてもよくわからなかった。

けれども、そんなことはもうどうだっていい。

ブラのホックがはずれたということは、由里の恥ずかしいふくらみは無防備な状態になっているのだ。

（いいんだよな？　触っちゃっても……）

鼓動を乱しながら、そろり、そろり、と両手を伸ばしていく。後ろから抱きしめるように、両脇の下からするりと差しこむと、

「んんっ！」

由里は少しだけ身をかたくしたが、嫌がりはしなかった。

祐作は息を呑んで、両の手のひらをカップの下にすべりこませた。

じっとりと汗ばんだ、肉のふくらみをつかまえた。

（な、なんてプニプニなんだよ……）

生身のふくらみは、想像以上に柔らかかった。わずかに力をこめただけで指が肉の隆起に食いこみ、まるで搗《つ》きたての餅のようだ。

「んんっ……あぁっ……」

むぎゅむぎゅと揉みしだくと、由里は身をよじりはじめた。祐作の鼻先でセミロングの髪が波打つように揺れ、得も言われぬいい匂いが漂ってくる。乳肉の揉み心地との妖しいハーモニーに、陶然となってしまう。

（たまらない……たまらないよ……）

やがて、どこまでも柔らかい乳肉の一点が、硬くなりはじめた。あずき大の突起が、手のひらにぽっちりしたいやらしい感触を伝えてくる。

乳首が勃《た》ってきたのだ。

祐作は鼻血が出そうなほど興奮してしまった。

もちろん、こっちだってとっくに勃っている。ズボンの下で痛いくらいに勃起して、ペニスが悲鳴をあげている。腰が勝手に動きだし、もっこりと突っ張った男のテントを、由里のヒップにぐいぐい押しつけてしまう。

（お尻も、おっぱいに負けず劣らず……）

たまらない量感に満ちていた。

とはいえ、乳房のように柔らかくはない。

ゴム鞠《まり》のような弾力があって、テントを押しつけるたびに、気が遠くなるような快美感が襲いかかってくる。

「ああんっ……そんなにしたらスカートが皺《しわ》になっちゃう」

由里が首をひねって振り返り、困ったように眉根を寄せた。

「ごめんなさい……」

祐作はあわてて腰を引いた。

「ふふっ。謝らなくていいから、皺にならないようにして」

「えっ……」

「脱・が・せ・て」

由里が肉感的な唇を尖らせて、甘いウィスパーボイスでささやく。

祐作は脳味噌が溶けだしてしまいそうになった。頭のなかが真っ白になって、なにも考えられないまま体が勝手に動きだす。操り人形のようなぎくしゃくした動きで体を起こし、両手を由里のヒップに伸ばしていく。

ゴム鞠のような感触をもつ由里のヒップは、花柄のスカートに包まれていた。繊細なシルクの生地がいかにも高級そうで、皺を気にするのも当然である。

ホックをはずし、ちりちりとファスナーをさげていった。

「……んしょ」

由里が腰をあげてくれ、その動きにうながされるようにしてスカートを腰からずりおろした。

（うおおおーっ！）

祐作は胸底で絶叫した。

逆ハート型のむっちりしたヒップの量感にも圧倒されたが、それを飾るパンティがさらに衝撃的だった。

ブラジャーと揃《そろ》いのピンクベージュのパンティはバックレースのデザインで、プリンッと丸みを帯びた尻丘のいちばん高いところを、お洒落《しやれ》な白いレースが飾っていた。

先ほど勃起したペニスを押しつけたときはゴム鞠のように感じたヒップではあるが、バックレースからこぼれた尻肉の裾野はたまらなく柔らかそうで、三十路妻の熟れた色香が濃密に漂ってくる。

祐作の両手は吸い寄せられるように伸びていった。

「待って」

だが、垂涎《すいぜん》のヒップをつかむ前に、由里が再び振り返った。

「わたしばっかり裸にして、ずるいじゃない？」

「あ、いや……」

祐作が顔をひきつらせて固まると、

った。

「ふふっ」

由里は妖しく微笑んで立ちあがり、祐作に見せつけるようにピンクベージュのブラを取った。

(おおおっ……)

たわわに実った双乳がプルンッと揺れはずみ、祐作は息を呑んだ。

豊満な円錐《えんすい》形のふくらみは、裾野のほうが重力に負けてやや垂れていたけれど、垂れ方がなんだかひどくいやらしい。

ふくらみの先端で硬く尖った乳首はあずき色で、グラビアモデルのようにピンクに輝いているわけではなかったが、こちらも凝視せずにはいられないほど卑猥な色艶《いろつや》だ。

「手、あげて」

パンティ一枚になった由里が、祐作に顔を近づけてくる。

「ほら、バンザイ」

祐作が言われたとおりに両手をあげると、由里はよしよしとうなずき、子供をあやす母親のような表情でTシャツを脱がしにかかった。

5

「……まさか、祐作くん」

由里が声をこわばらせ、訝《いぶか》しげに眉をひそめた。

庭からさわやかな風が吹きこんできているのに、水沢家のリビングはいま、途轍《とてつ》もなく重苦しい空気に支配されている。

「もしかしてあなた……経験ないの？」

由里の言葉に、祐作の顔はいまにも泣きだしそうに歪《ゆが》みきった。

Tシャツを脱がされた途端、祐作の体は自分でも怖いくらいに震えはじめたのだ。小刻みにというレベルではなく、本当にガクガク、ブルブルと。そして、まるで服を奪われた少女のように、自分の腕で裸の胸を抱きしめている情けない有様だった。

（俺って……俺ってなんて根性なしなんだ……）

童貞を捨てられるまたとないチャンスに震えだした体を、呪《のろ》ってしまう。

あと少しだった。

あともう一歩で生まれて初めてのセックスが経験できるところだったのに、童貞であることを見抜かれてしまっては、なにもかもおしまいである。いまどき「ヤラハタ」の男なんて、「気持ち悪い」と蔑《さげす》まれる対象以外のなにものでもないだろう。ドン引きされてしまうに決まっている。

「ねえ、祐作くん」

由里が双頰を両手で挾んでくる。

「正直に言って。あなた、童貞？」

眉をひそめた表情からは、うっすらと怒気が伝わってきた。童貞のくせに、三十路の人妻を手込めにしようなんて百年早い——そんなふうに思っているのかもしれない。

「ご、ごめんなさい……」

祐作は震える声を絞り、がっくりと肩を落とした。しかし、双頰を両手で挾まれているのでうつむくことができず、顔に突き刺さる視線が痛い。

「……そう」

うなずいた由里は、柔らかな笑みをこぼした。観音菩薩《かんのんぼさつ》を彷彿《ほうふつ》とさせる、包みこむような笑顔だった。

「まったく、どうして最初から言ってくれなかったのよ？」

「……ごめんなさい」

祐作には同じ言葉を繰りかえすことしかできない。

「謝らなくていいの。誰だって、なにだって、初体験はあるものでしょう？」

由里の両手が、双頬から二の腕にさがってくる。たとえようもなく優しい手つきで、震えを抑えるように撫でさすってくれる。

「実はわたしね……」

潤んだ黒眼が、くるりと悪戯《いたずら》っぽく回転した。

「筆おろしっていうの？　一度でいいから、童貞の男の子としてみたかったんだから」

「……えええっ？」

消えかけていた灯火が再び燃えあがったような気がして、祐作の声は尻上がりに大きくなった。とはいえ、根が卑屈な性格をしているせいか、素直には喜べない。気まずげに視線を泳がせながらもじもじしていると、

「立って」

由里に腕を取られ、立ちあがらされた。

「そんなに緊張しないで。全部、わたしにまかせてくれればいいから」

由里は耳元で甘くささやくと、ズボンのベルトをはずしはじめた。

祐作は焦った。上半身では情けなく自分で自分を抱きしめているくせに、股間はまだも

っこりテントを張っていたからだ。

けれども由里は、気にする素振りも見せずベルトをはずし、ファスナーをおろしていく。おろし終えると祐作の足元にしゃがみこみ、ズボンを足元までさげてしまう。

(やべえ……)

祐作は恥辱のあまり、気が遠くなりそうになった。ズボンのときに倍して隆々とテントを張っているのも恥ずかしかったが、穿いていたのが白いブリーフだったからである。

こんなことになるのなら、もっと格好いいボクサーブリーフを穿いてくればよかった、といまごろ思っても後の祭である。前をふくらませた白いブリーフはいかにも童貞臭ふんぷんで、涙が出そうなほど情けなかった。

しかし由里は、口許に笑みさえ浮かべて、白いブリーフのテントに熱い視線を注ぎこんできた。

「元気ね、とっても」

嚙みしめるようにつぶやき、白魚のような細指をテントに伸ばしてくる。収縮素材にぴっちりと包まれた男の器官を、手のひらで包みこむ。

「あっ……うぅっ!」

祐作は奇声を発して伸びあがった。

由里はかまわず、すりっ、すりっ、とテントを撫でさすってきた。触るか触らないかという、ぎりぎりのフェザータッチが刺激的すぎる。

「うっ……ううっ……」

祐作の顔はみるみる真っ赤に上気して、額にじっとり汗を浮かべた。

その部分を自分以外の手で触れられたことなど初めてだったたし、触り方がいやらしすぎたからだ。ブリーフ越しに感じる指の動きはもどかしいばかりなのに、興奮だけをどこまでも高めていく。

「すごい。どんどん大きくなっていく」

由里は淑やかな美貌を生々しいピンク色に染めて、上目遣いで見つめてきた。お上品な三十路妻の上目遣いというのも、二十歳の童貞の欲情を激しく揺さぶった。

(クラクラしちゃうよ……)

体中の血液が股間に集中していくせいもあり、激しい眩暈《めまい》が襲いかかってくる。ブリーフのテントは自分でも唖然《あぜん》とするほど大きくなって、と同時に異様な息苦しさを運んできた。勃起しきったイチモツがブリーフに締めつけられ、呼吸の邪魔をするのだ。

「ふふっ。祐作くんの、エッチィ」

由里がテントの先端を指でいじりながら笑う。我慢汁のシミが浮かんできたのだ。白い生地に浮かんだシミは瞬《また》く間に百円玉サイズになり、ブリーフのなかで亀頭がすべった。

(ああっ、脱がせて……もう脱がせて……)

祐作が膝《ひざ》をガクガク震わせながら眼顔で訴えると、由里はうなずき、ブリーフをめくりおろした。

収縮素材の生地から解放されたペニスが、ぶうんっと唸《うな》りをあげて反り返り、

「……まあ」

由里が眼を丸くする。自分でも驚くばかりの勃ちっぷりだった。色は生っ白《ちろ》いものの、エラは逞しく張りだし、はちきれんばかりに野太く膨張した肉竿《にくざお》には、太ミミズが何匹ものたうっているように血管が浮きあがっている。

「こんなに立派なもの、いままで使わなかったなんて……もったいない」

由里はうっとりした顔で細指を根元にからめ、くんくんと匂いを嗅いだ。たおやかな美貌をますますうっとりさせて、薔薇色の唇を割りひろげた。

「う、うわっ……」

ピンク色の舌が亀頭に襲いかかってくると、祐作は声をあげてのけぞった。生まれて初めてペニスで味わう女の舌の感触は、衝撃的なものだった。ぎゅっと眼を閉じると、瞼《まぶた》の裏に歓喜の熱い涙があふれてきた。

6

「ダメです、奥さんっ！」

祐作は首にくっきりと筋を浮かべて叫んだ。

「そ、そんなに……そんなにしたら出ちゃいますっ！」

足元にしゃがみこんだ由里はピンクベージュのパンティ一枚で、勃起しきったペニスにねろねろと舌を這わせてきた。亀頭からカリにかけて、甘い匂いの唾液で丁寧にコーティングしていく。

たおやかな美貌に似合わず、濃厚すぎるフェラチオだった。見た目は淑やかでも、三十路の人妻の面目躍如というところか。

「ダメよう。いくら童貞だって、まだ舐めはじめたばっかりじゃない」

由里はセミロングの髪を妖艶《ようえん》にかきあげ、薔薇色の唇を卑猥なOの字にした。我慢汁のしたたるペニスを、ずっぽりと音がしそうな大胆さで咥えこんでいく。

「うっ……くぅううっ！」

祐作の顔は、茹《ゆ》でたように真っ赤に染まった。

生温かく、ぬめぬめした口内粘膜の感触が、たまらなかった。

由里はただ咥えこんだだけではなく、肉厚な唇を淫らがましく収縮させ、いちばん敏感なカリのくびれを刺激してくる。頬をすぼめたいやらしすぎる顔つきで、じゅる、じゅる、と唾液ごと吸いたてる。女の口というものは、これほどまでに大量の唾液が分泌されるのかと、驚かされてしまう。

（このままじゃ……本当に出ちゃうよ……）

紅唇から姿を見せるたびに唾液の光沢を纏《まと》っていくおのが肉竿を眺めながら、祐作は顎《あご》が砕けるほど歯を食いしばった。

しかし、とてもじゃないがその程度ではこらえきれそうもない。

気を紛らわすものを探して、あたりに視線を泳がせてみる。

チェストの上に、大小の写真スタンドが十台以上林立していた。

すべて由里と夫のツーショットだ。エリートバンカーだという夫は、ぴっちり横分けと銀縁眼鏡が似合う頭のよさそうな男だった。

（ごめんなさい……本当にごめんなさい……）

間男をしている罪悪感がこみあげてきて、射精欲がわずかに遠のいた。

夫婦の出発点である結婚式の写真では、由里の雰囲気が現在とかなり違った。

二十代前半で結婚したのだろう。ウエディングドレスに身を包んだ彼女の姿は初々しくも可憐《かれん》であり、それが次第に、しっとりした三十女へと変わっていく。写真が現在に近づいていくほどに、熟れた体に漂う、濃密な色香を隠しきれなくなっていく。

(この男に、たっぷり開発されたんだな……)

思わずふたりの夫婦生活を想像してしまった。

いかに真面目そうに見える夫でも、新婚当時は毎晩のように由里の体を求めていたに違いない。夫婦の閨房《けいぼう》で、一緒に入ったお風呂の中で、あるいはキッチンで料理をしている新妻を後ろから、求めて求めて求め抜き、その結果、由里は濃密な色香がにじみでた、三十路の人妻へと変貌していったのだろう。

とはいえ、ステーキだって毎日食べていれば飽きてくる。最近では仕事にかまけてすっかりご無沙汰で、おかげで由里は欲求不満をもてあましているのだろうか？

(それにしたって、エリートの奥さんにこんなこと……)

足元にひざまずき、ペニスをおいしそうに舐めしゃぶっている由里を見ていると、人妻を寝取っている罪悪感に胸が痛んだ。だが同時に、その罪悪感さえ、いまは興奮を煽《あお》る燃料となっていく。ペニスをねろねろと這いまわる、生温かい舌がそうさせた。しがないデリバリ・ドライバーである祐作にとって、高嶺《たかね》の花の人妻に童貞を捧《ささ》げられるなんて、まさしく夢の体験である。

「……っんあっ！」

由里がペニスを紅唇から抜き去った。

「あんまりやりすぎると、爆発しちゃいそう」

唾液でぐっしょり濡《ぬ》れた肉竿を見て笑う。たしかに、と祐作はハアハアと息をはずませながら思った。釣りあげられたばかりの魚のようにびくびく跳ねているおのが男根は、いまにも射精の発作を起こしてしまいそうである。

「横になって」

「は、はい……」

祐作は足首にからみついたズボンとブリーフもそのままに、L字型の広いソファに横たわった。

リビングの窓からは庭が見え、午後の陽光に緑が輝いていた。ごく平凡な日常的風景にもかかわらず、見事に現実感が感じられない。痛いくらいに勃起して、女の唾液にまみれたペニスと、パンティ一枚の由里の姿がそう思わせる。

「今度は、わたしがお返ししてもらう番ね」

「お返し、ですか……」

祐作はごくりと生唾を呑みこんだ。

フェラチオのお返しとは、クンニリングスに違いない。つまり、いよいよピンクベージュのパンティのなかに隠された部分を、見ることができるのだ。見るだけでなく、匂いを嗅ぎ、指でいじり、舐めまわしてしまえるのだ。

ところが由里は、裸身に残った最後の一枚を脱がなかった。ひめやかな色合いのパンティを股間にぴっちりと食いこませたまま、祐作の顔にまたがってきた。

（うわあっ……）

完全に意表を突かれた祐作は、ソファの上でのけぞった。

その鼻先に、由里が股間を近づけてくる。和式トイレにしゃがみこむ要領で両脚をM字に立て、つやつやした光沢を放つサテンの生地に包まれたヴィーナスの丘を、顔から一センチのところでぴたりととめた。

「一度、こんなふうにしてみたかったの」

顔面騎乗位の体勢になった由里は、さすがに恥ずかしいらしく、パンティ一枚の身をせつなげにくねらせた。

「こんなふうに……自分から……」

白魚の指先がピンクベージュのフロント部分にかかり、脇に寄せていく。ふっさりと茂った黒い恥毛が姿を現し、むっと湿った卑猥な匂いがあたりにひろがる。

（う、うおおおーっ！）

祐作は血走るまなこで凝視した。恥毛が茂ったその奥に、アーモンドピンクの花びらが見えた。淫らがましくよじれながら身を寄せあい、わずかにほつれたところから薄桃色の粘膜がつやつやと妖しい光沢を放っている。

（これが……これが女の……オマ×コ……）

薄桃色の粘膜は、よく見ると肉ひだの層になっていた。幾重《いくえ》にも渦を巻きながら、ひくひくと熱く息づく様子は、まるで由里とは別の生き物が棲《す》みついているかのようだ。

「……好きにして……いいわよ」

由里が羞恥《しゅうち》に赤く染めた顔をそむけた。

「舐めても、いじっても、いいわ……でも、女のここはデリケートだから、やさしくね」

「……は、はい」

祐作はうなずき、恐るおそる両手を伸ばしていった。指先がアーモンドピンクの花びらに触れる。くにゃりとした感触がいやらしすぎて、全身が小刻みに震えだす。

左右の花びらを、そうっとひろげていった。ねっとりと濡れ光る薄桃色の粘膜が露わになると、瞬きも呼吸もできなくなった。

しかも、匂いがすごい。

これが獣の牝のフェロモンなのか。発酵しすぎたチーズのような、けっしていい匂いではないのだが、体の内側にすさまじい熱気を起こさせる。きっと嗅覚にではなく、獣の牡の本能に訴える匂いなのだろう。

フェロモンに吸い寄せられるように、唇を近づけていった。緊張にこわばりきった舌で、花びらの間をそうっと舐めあげた。

「あううっ！」

由里が鋭い悲鳴を放つ。

祐作も叫び声をあげたかった。薄桃色の粘膜のぴちぴちした舌触りはこの世のものとは思えないほどいやらしく、舌にひろがる味わいが頭の芯まで痺《しび》れさせる。

(これが……これがオマ×コの味……)

いままで口にしたことのある、なににも似ていなかった。匂い同様、けっして美味ではないけれど、もう一度舌を伸ばさずにはいられない。恥毛が揺れるほどふうふうと鼻息を荒げ、夢中で舐めまわしてしまう。

7

「そ、そこよ……そこが女のいちばん感じるところ」

由里が息をはずませて総身をくねらせる。

「むっ……むむっ……」

祐作は限界まで伸ばした舌先で、花びらの合わせ目にある真珠肉を舐め転がしていく。顔面騎乗の体勢によるクンニリングスは、すでに十分以上続いていた。クリトリスはもちろん、ぴちぴちの粘膜を舐め、花びらを口に含んでしゃぶりたてた。口のまわりは由里の漏らした発情のエキスでぐっしょりだった。顎は軋《きし》み、舌のつけ根は痺れていた。しかし、そんなことは気にもならなかった。問題は他にあった。興奮しすぎたペニスが、股間でずきずきと熱い脈動を刻み、刺激を求めて痛切な悲鳴をあげているのである。

「た、たまらないわ……」

由里はハアハアと肩で息をしながら腰をあげ、ソファからおりた。視線と視線がからみあうと、

「欲しくなっちゃった」

甘えるように親指の爪を噛んだ。

祐作は息を呑み、口のまわりをぐっしょり濡らした発情のエキスを手のひらで拭った。

いよいよだった。

いよいよ二十年間付き合ってきた童貞とおさらばし、大人の男になるときがやってきたのだ。

「……座って」

由里にうながされた祐作は、上体を起こしてソファに座り直した。

由里が腰を折ってパンティを脱ぎ捨てる。

その所作もいやらしかったけれど、露わにされた股間の草むらはもっとすごかった。毛が多すぎず少なすぎない、綺麗な小判形を描いた恥ずかしい繊毛。

由里はそれを露わにして、祐作の腰にまたがってくる。

いわゆる対面座位の格好である。

「わたしが上で、いいわよね？」

祐作はこくこくとうなずいた。両脚をM字に開いてまたがってきた由里の姿が衝撃的すぎて、声を出すこともできない。

「ああんっ、硬いわ」

そそり勃つペニスを握りしめた由里は、うっとりとつぶやいた。

視線と視線を熱くからみあわせたまま、ペニスと割れ目を密着させていく。

フェラチオでペニスになすりつけられた唾液はもうすっかり乾いていたけれど、そのかわりに由里の割れ目が洪水状態である。

「うっ……ううっ……」

亀頭と粘膜がぬるりとこすれあうと、祐作は身をよじった。恥ずかしかった。ＡＶ男優が挿入前に身をよじっているところなど見たことがない。それでも、身をよじらずにはいられないほどの快感を覚えてしまう。

「気持ちいいの？」

由里が淫靡に微笑み、亀頭を割れ目の上でぬるぬるとすべらせる。

「は、はい……」

「入れたらもっと気持ちよくなるわよ。おかしくなっちゃうくらい……」

自分がそうなりそうだと言わんばかりにささやくと、妖しく眼を細め、ゆっくりと腰を落としてきた。

「んあああっ……」

「うっくっ！」

祐作は腹筋に力をこめ、体中の神経という神経を勃起しきったペニスに集中させた。

しかし、由里はすんなりと最後まで腰を落としてこない。

亀頭だけ呑みこんだ状態で、小刻みに腰を上下させる。女の割れ目を唇のように使って、男のものをチャプチャプと舐めしゃぶってくる。

「くっ、くぅうっ！」

ぬめりつく肉ひだの感触に祐作はいてもたってもいられなくなり、すがりつくように両手を伸ばした。眼の前でプルンプルンと揺れはずんでいるふたつの胸のふくらみに、ぎゅうっと指を食いこませる。

「はぁあああうぅーっ！」

由里が背筋を反らせて悩ましい悲鳴をあげた。M字に開いた脚を中途半端な位置に保てなくなり、一気に腰を落としてきた。

（チ、チ×ポが……チ×ポが食べられる……）

祐作はおののいた。女の割れ目にずぶずぶと男根が呑みこまれていく感覚は、そうとしか表現しようがなかった。

「んんんーっ！　ど、どう？」

由里は最後まで腰を落としきると、美貌を歪めながら、必死に平静を装って訊ねてきた。

「これが女よ……セックスよ……」

だが平静を装えたのはそこまでで、もう我慢できないとばかりに腰がくねりだした。陰毛と陰毛をからめあわせるようにして、大胆に股間を押しつけてくる。

「あああっ……す、すごいっ……奥まできてるっ……届いてるううっ……」

泣き笑いのような、びっくりするほど品性を欠いた表情でつぶやくと、今度は股間をしゃくりはじめた。

「うっ……うわあっ……」

不意に訪れたすさまじい快美の嵐に、祐作は身をよじった。蜜壺《みつつぼ》はすでに奥の奥まで潤みきっていて、由里が腰をしゃくるたびに、くちゃっ、ぬちゃっ、といやらしすぎる肉ずれ音がたつ。

「ああっ、いいっ……」

由里は羞じらいつつも腰の動きをとめられない。それどころか、むっちりした太腿《ふともも》で祐作の腰を挟み、ぐんぐんとピッチをあげていく。

「いいっ！　いいわあっ！」

たおやかな美貌をくしゃくしゃにして、セミロングの髪をざんばらに振り乱す。競馬のジョッキーのような動きで、愉悦の階段をどこまでも高く駆けあがっていく。エロティックというより、どすけべと呼びたくなるような、貪欲《どんよく》きわまりない腰使いである。

それでも祐作は、心中で揶揄《やゆ》することもできないまま、

「うおおっ……うおおおっ……」

口からだらしない声をもらし続けるばかりだった。初めての結合感をじっくり味わうこともできず、由里の腰振りに翻弄されていく。ぬめぬめした肉ひだでカリのくびれを撫でさすられる刺激は、気が遠くなりそうなほど心地よかった。

(たまらない……たまらないよ、これは……)

双乳を揉みしだくことも忘れて、腰を振りたてている由里の体にしがみついた。そうすると、結合感がさらに増した。由里の体は細いのにむちむちして、涙が出るほど抱き心地がよかった。しかし、その女らしい抱き心地が初体験の全身を歓喜させ、射精へのひきがねとなってしまう。

「ダ、ダメですっ！」

祐作は叫んだ。

「もう出ますっ！　出ちゃいますぅーっ！」

「待ってっ！　もう少しっ……もう少しよっ！」

由里が腰をしゃくりながら叫び返したけれど、

「で、出るっ……もう出るっ……おおおおっ……」

ソファにのせた尻を跳ねあげ、煮えたぎる欲望のエキスを勢いよく噴射させた。ドピュッ！　と迸《ほとばし》る音が、体の内側から聞こえたような気がした。

「はっ、はぁうううううーっ！」

体の内側で爆発を受けとめた由里が、獣じみた悲鳴をあげる。射精の衝撃に合わせて、ビクンッ、ビクンッ、と体をのけぞらせる。

「おおっ、おおおっ……」

射精のたびに、ペニスの芯が灼《や》けつくほどの快美感が訪れた。勃起しきったペニスをしたたかに痙攣《けいれん》させて、清艶な三十路の人妻のなかに一滴残らず漏らしきった。

第二章　体が火照《ほて》るの

1

「おい、祐作。連れションに行こうぜ」

店の裏のベンチで休憩していると、厨房《ちゅうぼう》から出てきた菊川健之に声をかけられた。

「はあ、でも……」

祐作は首をかしげた。菊川が連れション好きなのは知っていたが、店にはひとり用のトイレしかない。

「こっち来いよ」

菊川は表の道路に出ていった。祐作も続く。路地裏に入っていくと、雑草の生えた空き地を囲む金網が見えた。

「へへっ、うってつけだろ?」

菊川が得意満面に笑い、立ち小便をするためにズボンのファスナーをさげた。

「まあ、そうっすね」

祐作は苦笑しながら、菊川の隣に肩を並べていく。苦笑したのは、おそらく祐作が〈やさしいごはん〉で働きはじめてからずっと、連れションができるところを探していたのだろうと思ったからだ。

(昔もよく、連れションに誘ってくれたな……)

揃《そろ》って小便を放出しながら、祐作は感慨に耽《ふけ》った。

「おまえ最近、なんかいいことでもあっただろ?」

菊川が放尿しながら意味ありげにささやいた。

「いつ見てもニヤけてばっかいて気持ち悪いぞ」

「そ、そんなことないっすよ……」

祐作が横顔をひきつらせて答えると、

「しらばっくれてもダメなんだよ。さては役得にありついたな。どっかの人妻とイケないことしちゃったんだろ?」

菊川は卑猥《ひわい》な笑みを浮かべて、顔をのぞきこんできた。

「ち、違います！」

祐作があわてて首を振ると、小便の放物線までが大きく揺れ、

「おいおい、ひっかけんなよっ！」

菊川は笑いながら大げさによけて小便を続けた。

（たしかに図星だけど……）

祐作が人妻・由里に童貞を捧《ささ》げてから一週間。いまだに女を知った悦びが四六時中頭をもたげてきて、仕事中でも気がつけば頬が緩んでいた。女の体の甘い匂い、柔らかい揉《も》み心地、そしてなにより、結合したときの衝撃的なぬめぬめ感……男に生まれた悦びが、セックスにはすべて凝縮して詰めこまれていると思った。

とはいえ、相手は店の大切な常連客である。自慢したいのは山々でも、店長の菊川に秘密をもらすわけにはいかない。

「どうなんだよ？　人妻とイケないことしちゃったか？」

菊川がなおもしつこく訊《たず》ねてくる。

「人妻なんてとんでもないっす。東京に出てきて初めて居場所が見つかったみたいで、それが嬉しくて……」

「べつにイケないことしたっていいけどさ……」

つぶやく菊川の顔は、なにもかもお見通しという感じだった。ニヤニヤ笑いながら小便を終えてズボンのファスナーをあげ、

「仕事はきっちりやってくれよ。いまんところは頑張ってくれてるから、助かってるぜ」

祐作の肩をポンと叩いて店に向かって踵《きびす》を返した。

（きっと先輩も、たっぷり役得にあずかったんだろうなあ……）

菊川の背中を見送りながら、祐作は胸底でつぶやいた。

ペニスをブリーフにしまっても、ふたつの小便の跡を眺めてぼんやりしてしまった。

そもそもデリバリ・ドライバーには役得があると、意味ありげに告げてきたのは菊川だったのだ。

表向きには、厨房の仕事が忙しくなって自分でできなくなったからと言っていたが、別の理由もあるのかもしれない。

妻の梨乃さんのおかげで、菊川は二十二歳の若さにして店を一軒まかされることになった。だから、浮気のチャンスに満ちたドライバーをしていることに良心が咎《とが》めた可能性も高い。

（先輩、俺なんかより全然モテるだろうしな。このあたりの人妻、総ナメだったりして……）

不埒《ふらち》な想像を巡らせながらのろのろと店に戻っていくと、

「おーい」

厨房から菊川が顔を出した。

「いつまで小便してるんだよ。準備できたから配達頼むぜ」

「はいっ！」

祐作はダッシュで厨房に向かい、惣菜《そうざい》をデリバリ用の軽自動車に積みこんだ。

（さあて、仕事だ。いつまでも鼻の下を伸ばしてないで、真面目に頑張ろう。そうすればそのうちまた役得にあずかれるさ……）

こうして虚心に仕事に汗を流す姿を、神様も見ていてくれたらしい。

新たな役得のチャンスは意外に早くやってきた……。


「いつも思うけど、あなた、ずいぶん体格がいいのね？」

惣菜を受けとった緒方彩子は、祐作の体をしげしげと眺めてつぶやいた。

彩子は三十二歳。専業主婦で子供はなし。夫の仕事は会社経営。

以上は店の顧客アンケートで知った情報で、結婚前はモデルをしていたと直接本人に聞いたことがある。この不景気なご時世にご主人は何の方面の仕事なのか、住んでいるのは億はしそうな高級マンションだから、けっこうなセレブだろう。

「なにかスポーツをやってるのかしら?」

「いえ、とくには……」

祐作は首を横に振り、

「もともと筋肉質なんです。普通に生活してるだけで筋肉ついちゃうほうでして」

「ふうん」

彩子が制服のシャツの上から体に触ってきたので、祐作の心臓はドキンと跳ねた。しかし、ウエディングリングがきらめく人妻の細指には、いやらしい雰囲気はまったくない。

「ホント、厚い。まるで水泳選手みたいな胸……」

だが、手指を腹にすべり落とすと、彩子の顔色が変わった。

「やだ。あなた、お腹《なか》はぶよぶよじゃない」

「いやあ……」

祐作は苦笑して頭をかいた。

「そうなんですよ、最近ちょっと太っちゃって……」

ひとり暮らしの祐作は、毎日店のあまりものをもらって帰っている。〈やさしいごはん〉の惣菜は名前のとおり体にやさしくおいしいので、ついつい食べすぎてしまう。おかげでほんの数か月で五キロ以上も体重が増えてしまったのだ。

彩子にそう説明すると、

「メタボになるわよ」

眉をひそめて睨《にら》まれた。

「運動しなさい。いくらもともと筋肉質だって、怠けてたらダメ」

「いえ、でも、学生じゃないし、運動する機会ってなかなか……」

「フィットネスジムに通えばいいじゃないの」

「まあ、そうなんですけど……」

祐作が気のない返事をすると、彩子は深い溜め息をつき、

「行く気はあるわけ？」

「そりゃあ、チャンスがあれば」

「じゃあ、わたしが知ってるジムを紹介してあげる。最初の一回はチケットあげるから、一緒に行こう」

普通ならいささか押しつけがましい台詞《せりふ》も、彩子が言うとどこか自然だった。

なにしろ彼女は、三十二歳になったいまもスレンダーなモデル体型を保っているのだ。

ジム通いでシェイプアップに余念がないことは想像に難くない。

そんな彼女だから、自然食愛好家がまわりにオーガニック野菜を熱心に勧めるように、他人の肥満も放っておけないのだろう。

「ね、そうしなさい。ウエアも靴もレンタルすればいいから」

「それじゃあぜひ……」

祐作はうなずいた。

べつに嫌々というわけではない。仕事が終わればアパートに帰って寝るだけなので、暇はもてあましている。学生時代にスポーツをしていたわけではないが、汗を流すのは嫌いなほうではない。

それに、彩子はスタイル抜群なだけではなく、顔立ちもたいへん美しかった。

びっくりするほど小さな丸顔に、つやつやと絹のような光沢を放つストレートの長い黒髪。顔立ちはくっきりと端整で、猫のように眼が大きく、ツンと澄ました表情がいかにも元モデルのセレブ妻という感じがして、美しさを際立たせている。

祐作的には「元」モデルというところがポイントだった。さすがに現役モデルでは気圧《けお》されてしまうだろうが、あくまで「元」なので、どことなく親しみもあるのだ。

そんな彼女と連れだってフィットネスジムに行けることが、嬉しくないわけがない。おまけにチケットまでくれるというのだから、お金だってかからない。彩子の誘いには色っぽい匂いがまったくしなかったけれど、これも役得のひとつに数えていいだろう。

2

翌日、仕事を終えた祐作は、彩子に連れられてフィットネスジムに出かけた。

「わたしがいつも行っているのはホテルのジムなんだけど、そっちは高いから夫の会社が法人契約しているところに連れてってあげる。もし会員になりたくなっても、あなたのお小遣いで大丈夫なはずだから……」

ターミナル駅の駅前にあるジムは、会社帰りのサラリーマンやOLでごった返しており、これほど多くの人がシェイプアップや健康維持に気を遣っているのだな、と感心させられた。が、そんなことを気にしていられたのは、ほんのわずかな時間だった。

（うわあっ……）

スポーツウエアに身を包んだ彩子を前にすると、祐作は眼を見開いて息を呑んだ。

普段、玄関口で顔を合わせるとき、彩子はたいてい襟のついたシャツにジーンズ姿で、それでもスタイルのよさは隠せなかったが、体にぴったりフィットしたTシャツと、ショートスパッツを着けた姿は、圧巻だった。

長くて細い手脚はバレリーナのようで、ハイヒールを履いているわけでもないのに、腰が異様に高い位置にある。胸のふくらみは控えめだが女らしい丸みを帯び、こちらも小さめなヒップは形よく上を向いている。

おまけに長い黒髪をポニーテイルのようにひとつにまとめているから、細い首が剝《む》きだしだった。白いうなじから、ぞっとするような色香が匂ってくる。

「さあ、まずはストレッチから始めましょう」

彩子がストレッチルームに入っていくと、まわりの視線がいっせいに集まってきた。かなり混んでいたにもかかわらず、潮が引くようにスペースが空いた。元モデルの美貌とパーフェクトボディに、男も女も視線は釘《くぎ》づけだった。

そんな彩子にストレッチで背中を押され、

「もうっ、かたいなあ。祐作くん、やっぱり運動不足すぎ。若いんだから、もっと体動かさないと」

舌鋒《ぜっぽう》鋭く説教をされていると、まるでダメな弟になった気分だった。

けっして悪い気分ではない。

ストレッチルームを出てマシントレーニングをしていても、エアロビクスのスタジオに行っても、彩子はまわりから尊敬と憧《あこが》れの視線を独占するので、彼女と親しげにしていると、かなり鼻が高かった。

（うおおっ、汗がきらきらしてるよ……）

エアロビクスをやりながらも、手本を示すインストラクターではなく、ついつい彩子に眼がいってしまう。細い首筋が汗で濡《ぬ》れ光っていくほどに、スレンダーなボディがセクシーに輝いていく。汗の匂いが嗅ぎたくてさりげなく後ろにまわり、胸いっぱいに息を吸いこんでしまう。


「……今日は本当にどうもありがとうございました」

ジムを出ると、祐作は腰を折って頭をさげた。

「自分の体がいかにぶったるんでいたかよくわかりました。真剣にジムに通うことを検討してみようと思います」

「そう」

満足そうにうなずいた彩子の顔がピンク色に火照《ほて》っているのは、ジャグジー付きのスパで汗を流してきたからだった。祐作の顔も、同じように上気している。

「喉、渇いたわね。ビールでも飲んでいかない？」

駅に向かって歩きながら、彩子が言った。

「えっ、でも……」

祐作は腕時計を見た。終了時間までジムにいたので、もう十一時を過ぎている。

「時間なら気にしなくていいわよ。終電なくなったらタクシーで送ってあげるから」

「そんな、悪いですよ……」

「いいから、いいから。今夜は飲みたい気分なの」

半ば強引に、飲食店の看板が連なる雑居ビルに連れこまれた。

彩子が入ったのは、ダークオレンジの間接照明も妖しい本格的なバーだった。フリーターに毛が生えたような二十歳の男が足を踏みこんではいけないような、アダルトなムードの店である。彩子は常連なのか、入っていくとキザがネクタイを締めて立っているような風貌のバーテンダーが、眼顔で会釈《えしゃく》してきた。

カウンターに並んで腰かけ、ビールを頼んだ。

「よく来るんですか？」

乾杯のあと訊ねると、

「たまにね」

彩子は長い黒髪を気怠《けだる》げにかきあげ、伏し目がちにグラスを傾けた。店に入った途端、ジムでの勢いが嘘のように静かになった。

（大人の世界だな……）

バーの雰囲気にも、彩子の所作にも、チェーン店の居酒屋しか行ったことのない祐作は気圧されてしまった。

「あなた……」

彩子がつぶやく。

「わたしのこと、不良主婦だって思ってるでしょ？」

「はあっ？」

唐突な問いかけに、祐作は素《す》っ頓狂《とんきょう》な声をあげた。

「専業主婦のくせに料理はしないし、夜遊びはするし、とんでもないって」

「そんなことありませんよ」

祐作は焦って言った。

「今日はすごく楽しかったし、感謝してます」

「すいません、同じのもう一杯」

彩子はバーテンに声をかけ、ビールが運ばれてくると、それを飲みながら問わず語りに話しはじめた。

「意外かもしれないけど……わたし、本当は料理得意なのよ。短大が栄養科だったくらい。

でも、ひとりでつくってひとりで食べるのいやだから、ついデリバリに電話しちゃうの」

「はあ、そうだったんですか……」

祐作は曖昧《あいまい》にうなずき、

「でも、ひとりって？　ご主人いらっしゃいますよね？」

「うちの夫、テレビ番組の制作会社を経営してるのね……」

「なるほど、それでモデルをしていた彩子さんと知りあったと？」

「……まあね」

彩子は口角を片方だけあげて微苦笑し、

「当時は雇われディレクターだったからまだマシだったんだけど、独立したらとんでもなく忙しくなっちゃって……撮影だって言っては毎月のように地方や海外に飛んでいくし、編集だって言っては徹夜だし、おまけにスポンサーの接待で朝まで飲んでそのまま会社なんてざら。家になんてほとんど帰ってこないんだから……」

ありえない、と祐作は胸底でつぶやいた。

ほとんど家に帰らないということは、こんな綺麗な妻を娶《めと》っておきながら、夫婦生活をろくに営んでいないということだろう。ジム中の視線を集めていた垂涎《すいぜん》のボディが、指一本触れられていないなんて……。

（彩子さんって、どんなセックスをするんだろう？）

童貞を失ってしまっても、祐作の妄想癖《ばへき》はまったく改善されていなかった。

あの伸びやかなスタイルで、四つん這いになったらすさまじくいやらしそうだ。後ろからガンガン突かれて獣のようによがり泣いたりすれば、さぞやすごい迫力だろう。

いや、もしかすると、普段はツンツンしているけれど、ベッドでは甘えん坊のキャラかもしれない。ツンデレというやつだ。彼女のような怖いくらいの美人に、生まれたままの姿で甘えられるのも、それはそれで興奮しそうである。

「わたし、こっちに引っ越してきたばっかりで近所に友達もいないのよ。だから、今日ジムに付き合ってもらって、わたしのほうこそ感謝してる」

彩子が顔を向け、鼻に皺《しわ》を寄せて微笑《ほほえ》む。いつも澄ましている彼女が初めて見せてくれた、柔らかで、親和的な笑顔だった。

「……ちょっと」

けれどもその笑顔はすぐに凍りつき、眼が吊りあがった。

「あなた、なに考えてんの？」

「あっ、いや……」

祐作の顔はひきつった。余計な妄想をしてしまったおかげで、ズボンの股間がもっこりとテントを張ってしまったのである。

3

(まずい……まずいぞ……)

祐作の顔はみるみる真っ赤に染まっていった。

眼を吊りあげた彩子に、睨みつけられていた。アイスピックのように鋭い視線が、もっこり盛りあがったジーパンの股間と、祐作の顔を咎めるように行き来する。

バーには他に客がいなかった。ふたりが並んだカウンターの奥で、キザなバーテンが静かにグラスを磨いているだけだ。

「どういうつもりなのかな?」

彩子がふっと苦笑してささやいた。口許は笑っているが、眼が笑っていない。

「いや……その……あの……」

祐作は情けなく背中を丸め、声を絞った。

「彩子さんがあんまり魅力的なんで、つい……」

「……ふうん」

彩子はストレートの長い黒髪をかきあげた。三十路《みそじ》を越えた人妻の濃密な色香が、ダークオレンジの間接照明の店内でゆらりと揺れる。

「わたしって魅力的なんだ？」

ささやきながら、カウンターチェアごと身を寄せてきた。

肩が触れあうほどに接近してくると、驚いたことに、祐作の太腿《ふともも》に手を置いた。

もっこりと盛りあがった男のテントのすぐ側《そば》だ。

ローカウンターに隠れているので、バーテンからこちらの下半身は見えない。

「でも、あなた、二十歳《はたち》って言ってたわよね？　わたしのほうがひとまわりも年上じゃない？　それなのに魅力的？」

言いながら、太腿に置いた細指をじりじりと内側に這わせてくる。テントの裾野《すその》の睾丸のあたりを、指先がかすする。ジーパンのなかで肉竿《にくざお》がズクンと跳ねあがり、ひときわ野太く膨張していく。

（いったい、どういうつもりなんだよ……）

祐作は衝撃に背中をまっすぐ伸ばしつつ、とりあえず下半身で起こっていることを無視して、言葉を継いだ。

「年なんか関係ないですよ。ジムでだって、みんな彩子さんに見とれてたじゃないですか。

僕、一緒にいられてすげえ鼻が高かったです」

「あなたも？」

じっと見つめられ、祐作は彩子から視線をはずせなくなった。

「あなたも見とれちゃって、それを思いだしてこんなふうになっちゃったわけ？」

視線をからめながら、指先を動かす。恥ずかしいほど大きくふくらんだ男のテントを、さわり、さわり、といやらしすぎる手つきで撫《な》でさすってくる。触るか触らないかのフェザータッチに、勃起が芯《しん》から硬くなっていく。

「うっく……」

息ができなくなった祐作が、泣きそうな顔で声をもらすと、

「すいませーん」

それを遮るように彩子がバーテンに声をかけた。

「ビールはもういいから、なにかカクテルを……そうね、ギムレットをちょうだい。彼のぶんも」

「かしこまりました」

キザなバーテンは気取り倒した仕草で銀色のシェイカーにジンを注《つ》ぎ、ライムを搾《しぼ》った。アイスピックで砕いた氷を入れてシェイカーに蓋《ふた》をし、ガコガコッ、ガコガコッ……と小

気味よい音をたてて振りだした。

彩子は、バーテンの鍛え抜かれた一連の動作をうっとり眺めながら、しかし、カウンターの下では手指を執拗《しつよう》に動かしている。

もっこりした男のテントを撫でさすっているだけではなく、ガコガコッ、ガコガコッ、というシェイカーを振る音を隠れ蓑《みの》にして、ジーパンのファスナーをさげていく。社会の窓がぱっくりと口を開いてしまう。

（う、嘘だろ……）

啞然《あぜん》とする祐作に眼もくれず、ブリーフ越しにペニスを撫でまわした。細い指先で、そろり、そろり、となぞりたてられると、

（おおっ……おおおっ……）

祐作の体は小刻みに震えだし、それを誤魔化すためにカウンターにお腹がくっつくほど椅子を前に出さねばならなかった。

それでも彩子はお構いなしに愛撫を続ける。

体中の血が沸騰しながら下半身に集中していき、祐作は激しい眩暈《めまい》に襲われた。勃起しきったペニスの先端から、熱い我慢汁がどっと噴きだした。

「……おまたせしました」

バーテンがギムレットのグラスをふたりの前に差しだした。絶対に視線をあげてこなかった。祐作と彩子は不自然なほど肩を寄せあっているのに、いや、だからこそ、眼に入らないようにしているのかもしれない。

「おいしい」

グラスを傾けた彩子が、祐作に顔を向けた。

「ここのギムレットは絶品だから、飲んでみなさい」

「は、はい……」

祐作は震える指でグラスの脚をつまんだ。とはいえ、意識は彩子に触られている男のテントに集中しきって、飲んでも味などわからない。ただ灼《や》けるようなアルコールが、喉から胃にすべり落ちていくだけである。

「どう?」

彩子がまぶしげに眼を細めた。

「お砂糖を使わないから、キリッとした大人の味でしょ? マスター、カクテルのコンクールで優勝したことあるのよね?」

「ええ」

バーテンがシェイカーを洗いながら控えめにうなずく。

「だから、いつも飲みすぎちゃうの。一度なんて腰が抜けちゃって、マスターに下まで送ってもらったんだから。ねえ？」

「はい」

バーテンは相変わらず眼を伏せたまま、何食わぬ顔でうなずくばかり。

彩子はグラスに残ったギムレットを飲み干すと、

「おかわり」

グラスを前にすべらせた。そうしつつも、手指はねちっこくテントを撫でさすり、男の性感を刺激している。

（いじめだ……これはいじめだ……）

祐作は身じろぎもできないまま、体を小刻みに震わせつづけた。

彩子はおそらく、親切でジムに連れていった若い男が、自分のことをいやらしい眼で見ていたことに腹をたてているのだろう。それに対する報復として、こんな悪戯《いたずら》を仕掛けてきたのである。

とはいえ、ちょっと勃起しただけでこの仕打ちはひどい。

彩子の指の動きは刻一刻と淫らさを増し、ブリーフ越しに撫でさするだけではなく、亀頭をやわやわと揉みしだいたり、指腹でカリ首をこすったりした。

(助けて……助けてくれえ……)

祐作の気持ちも知らぬげに、ガコガコッ、ガコガコッ……とバーテンがシェイカーを振りだす。

すると彩子は、さらに大胆な行動に出た。ベルトとジーパンのボタンをはずし、ブリーフのなかに手を入れて、肉竿をぎゅっと握りしめてきたのである。

(あううっ!)

祐作がのけぞると、彩子も息を呑んで眼を見開いた。

勃起の逞《たくま》しさに驚いたようだった。

しかし、見開かれた眼は、すぐに妖しく細められていった。ねっとりと濡れ光った瞳を向けられると、ずいぶん立派じゃない? という心の声が聞こえてきそうだった。

「……おまたせしました」

二杯目のギムレットが届くと、彩子はそれを飲みながらペニスをしごきたててきた。むろん、ブリーフのなかだから激しくしごくことはできないが、女のほっそりした手に肉竿を直接握りしめられた衝撃はすさまじかった。

「むむっ……むむむっ……」

祐作はどうしていいかわからなくなり、首に筋を浮かべたままギムレットを喉に流しこんだ。

「あ、彼にもおかわり」

彩子が言い、バーテンがつくりはじめる。彩子の頬が生々しいピンク色に染まっているのは、アルコールのせいばかりではないようだった。澄ました顔を取り繕いつつも、全身から濃密な牝のフェロモンがむんむんと匂ってきた。

4

一時間後——。

祐作と彩子はラブホテルの一室にいた。バーでは結局、ギムレットを五杯ずつ飲んだ。強いカクテルを立てつづけに飲んだせいで、お互いに足元が覚束《おぼつか》ない状態で部屋に入り、体を支えあいながらベッドに倒れこんだ。

「……い、いいんですか？」

祐作はハアハアと息をはずませながら訊ねた。

「僕なんかと、こんなところに入っちゃって……」

「いいのよ……」

彩子はひきつった顔をそむけた。バーでは大胆不敵な攻撃を仕掛けてきたくせに、密室でふたりきりになった途端、急に恥ずかしそうな素振りを見せた。

「だって……だって、あなたのこれ、夫の倍もあるんだもの」

それが正当な浮気の言い訳になるとも思えなかったが、彩子は欲情のままに祐作の股間をまさぐってきた。ベルトをはずし、チャックをさげ、ブリーフごとジーパンをめくりおろしていく。

ぶうんっと唸《うな》りをあげて勃起しきった欲望器官が反り返り、先ほどのバーよりなお薄暗い間接照明のなかで、我慢汁を盛大に噴きこぼした亀頭がぬらりと光った。

「まあ」

彩子が眼を丸くする。

「触った感じも立派だったけど、見た目もすごいのね」

熱っぽくささやきながら、ブリーフとジーパンを脚から抜いてしまう。

「ほら、バンザイ」

「は、はい……」

祐作が両手をあげると、Tシャツも脱がされ、あっという間に全裸にされてしまった。

「あなたが悪いんだからね……」

彩子は自分のシャツのボタンをはずしながら、恥ずかしげに顔をそむけた。

「わたし、浮気なんてしたことないのに……あなたが……も、もっこりさせちゃったりするから……」

シャツを脱いで、白地に青い薔薇《ばら》の刺繍《ししゅう》が入ったブラジャーを露《あら》わにする。カップの大きさはそれほどでもなかったけれど、漂ってくる色香がすごい。

続いて黒いストレッチパンツも脱いだ。ブラジャーと揃いのハイレグパンティが、ナチュラルカラーのパンティストッキングにぴったりと包まれている。

（う、うわあっ……）

祐作は眼尻が切れそうなほど眼を見開き、瞬《まばた》きも呼吸もできなくなった。

元モデルのスタイルと美貌を誇る彩子だが、下着姿になると、美しさよりセクシーさが際立った。パンティを透けさせるパンストが生々しすぎて、股間でペニスがびくびくと跳ねあがってしまう。

「……そんなに見ないで」

彩子は体を横に向けたが、見られることが満更ではないようだった。発情した牡犬のようにハアハアと息をはずませている祐作の興奮が伝わったのか、彩子の呼吸も次第にはずんでくる。

（やれるのか……こんなに綺麗な奥さんと、やっちゃっていいのか……）

彩子がパンストをくるくると丸めて脚から抜いていくと、祐作の心臓は爆発せんばかりに高鳴っていった。

ブラジャーがはずされた。乳房のサイズは控えめだが形よく上を向き、スレンダーなボディとベストマッチだった。ツンと上を向いた乳首は情熱的な赤で、すでにいやらしいほど尖《とが》りきっていた。

「こっちは……脱がせて」

冴《さ》えた頬をピンク色に染めた彩子が、ベッドの上でしなをつくる。

まだベッドカバーもはずしていなかったが、祐作はかまわず、彩子に身を寄せていった。

白地に青い薔薇の刺繍が施されたパンティを、両手でつまみあげた。

（たまらないよ……）

股間にぴっちりと食いこんだ白い布を眺め、ごくりと生唾《なまつば》を呑みこむ。

太腿が細身なせいで、ぷっくりと盛りあがった恥丘の隆起が目立った。この白い布の奥はどんなふうになっているのだろうと考えると、身震いがとまらなくなってしまう。

「どうしたの？　早く脱がせて」

彩子が焦《じ》れたように言い、舌なめずりをする。限界まで細められた両眼の奥で、黒い瞳が悩殺的に潤んでいる。

パンティをめくりおろすと、綺麗な小判形の草むらが薄闇のなかで艶《つや》やかに光った。縮れの少ない繊毛が、多すぎず少なすぎず、ぷっくりとふくらんだ恥丘を優美に飾っている。スタイルはどこまでもパーフェクトなのに、そこだけは獣の牝を強烈に感じさせた。

「……んしょ」

彩子が腰を浮かせてくれたので、祐作は一気にパンティを脚から抜いた。すかさず両脚をつかみ、M字に割りひろげていく。脚が長く、スタイルが完璧すぎるので、脚を開くだけで途轍《とてつ》もなくイケないことをしている感じがしてしまう。

「ああんっ……」

羞《は》じらう彩子の声とともに、股間で女の花が咲き誇った。

（うおおおっ……）

祐作は胸底で絶叫し、M字開脚の中心をのぞきこんだ。

アーモンドピンクのびらびらが大きな、いやらしい花だった。割れ目のまわりだけ不自然な無毛状態で、くすんだ色の肉饅頭《にくまんじゅう》のようになっているのは、エステで手入れをしているからだろうか？　さすが元モデルのセレブ妻だ。

「な、舐《な》めていいですか？」

興奮に震える声で訊ねると、彩子は恥ずかしそうに顔をそむけ、こくりと小さくうなずいた。

祐作は、剝きだしの股間から漂ってくる牝の発情臭を胸いっぱいに吸いこみながら、割れ目に口づけをした。

大ぶりの花びらが伝えてくる、くにゃりとした感触が、この世のものとは思えないほどいやらしい。しかも、わずかに舌を這わせただけで花びらの合わせ目が簡単にほつれ、なかからトロリとした粘液をあふれさせた。

「あああっ……」

彩子が細身の体をのけぞらせ、愉悦を嚙《か》みしめる。二本の長い両脚を白蛇のようにくねらせながら祐作の首にからめてきて、女陰と唇を深々と密着させていく。

5

「むむっ……おいしい……おいしいです、彩子さん……」

祐作はうわごとのように言いながら、クンニリングスに没頭している。薄暗いラブホテルの部屋を、ぴちゃぴちゃと猫がミルクを舐めるような音で満たしていく。

彩子は花びらが特別敏感なようで、口に含んでしゃぶりたててやると、ひいひいと喉を絞ってよがり泣いた。多忙な夫に放っておかれている熟女妻の欲情を、メラメラと燃え盛らせていった。

「あああっ……祐作くんっ！」

切羽つまった声があがる。

「わ、わたしも……わたしにもさせてちょうだい……」

「えっ、はい……」

祐作はうながされるままに仰向けになった。フェラチオをしてくれるのだろうと思ったが、そうではなかった。彩子は四つん這いになり、シックスナインの体勢で祐作の顔にまたがってきた。

（う、うわあっ……）

眼の前に尻の桃割れを突きだされ、眼を見開いてしまう。

女の股間というものは、前から見るのと後ろから見るのとでは、がらりと印象が違った。

先ほどまでは眼と鼻の先に草むらがあったのに、いまその位置にあるのはセピア色の小さなすぼまりだ。その下に蟻《あり》の門渡《とわた》りと呼ばれるいやらしい細筋があり、さらに下へと視線を移せば、興奮にぽってりと肥厚し、赤みを増した花びらと、つやつやと輝く薄桃色の粘膜までが一望できた。要するに、女の恥部という恥部が丸見えだった。

（エロい……これはエロすぎる眺めだよ……）

祐作は眼を血走らせたけれど、その光景に見とれていることができたのは、ほんの束の間のことだった。

ぬるり、と下半身に衝撃が走ったからだ。勃起しきったペニスの先端に、生温かい舌の感触がねっとりとからみついてきた。

「むっ……むううっ……」

祐作は首に筋を浮かせてのけぞった。彩子が上に乗っているので視覚では確認できないけれど、おのが男根がたしかに舐められていた。濡れたヴェルヴェットのように少しざらつきのある舌が、亀頭から裏筋へ、もっとも敏感なカリのくびれへと、ねろり、ねろり、と移動していく。

「ううんっ、なにしてるの？」

彩子が長い黒髪をかきあげて振り返る。

「早くぅ……祐作くんも早く続きをしてぇ……」

「す、すいません……」

愛撫を急《せ》かしてぷりぷりと振られている尻に、祐作はむしゃぶりついた。

小ぶりだけれど女らしく丸みを帯びた尻丘の間は、発情のエキスでびしょ濡れだった。牝の淫臭としか呼びようのない湿った匂いを、むんむんと振りまいていた。

「……むぐっ！」

桃割れに鼻面を突っこみ、下から上に舌を這わせた。ぱっくりと口を開いた割れ目はもちろん、先ほどは舌が届かなかったアナルまで、ねろり、ねろり、と舐めあげてやる。

「んんっ……んああっ……」

彩子がお返しとばかりにペニスへの刺激を強めてくる。亀頭をすっぽりと咥《くわ》えこみ、はちきれんばかりに膨張した肉竿の上で、ぬるり、ぬるり、と唇をスライドさせてくる。

「むむっ……むむむっ……」

祐作も鼻息を荒げて、舌の動きを大胆にしていく。両手で桃割れをぐいっとひろげ、剝きだしにした薄桃色の粘膜をねちっこく舐めまわす。肉ひだが幾重《いくえ》にも重なった蜜壺《みつつぼ》に舌を差しこみ、ぐにぐにと掻《か》きまぜてやる。

すると彩子は、口内で大量の唾液を分泌し、じゅるっ、じゅるるっ、と音をたてて、唾液ごとペニスを吸いしゃぶってきた。芯から硬くなっている男根が、あまりの快感に溶けだしてしまいそうだ。

（た、たまらないよ……）

初めて経験するシックスナインは、予想をはるかに超えた興奮の坩堝《るつぼ》だった。舐めて舐められることで異様な一体感があり、相乗効果でどこまでも快感が高まっていく。肉体言語とでも呼べばいいのか、言葉のいらない、刺激の交換だけに溺《おぼ》れていく。

（んっ？　なんだ……）

ベッドの脇に、ぼうっと白い影が浮かんでいた。間接照明の薄暗い部屋なのでいままで気がつかなかったが、その部屋の壁の一面は鏡になっていたのだった。

その鏡に、彩子が横から映っていた。

もちろん、男の上に四つん這いでまたがり、ペニスを咥えている姿だ。

祐作からは見えないと思っているからだろう。彩子はセレブ妻とは思えないほど欲情に蕩《とろ》けきった顔で、ぷっくりと血管を浮かせたペニスをさもおいしそうに舐めしゃぶっていた。

（なんてすけべな顔で舐めてるんだよ……）

ペニスを咥えた淫蕩《いんとう》な表情にも圧倒されたけれど、さらに衝撃的だったのは四つん這いのボディラインだった。

スレンダーなのに熟れている、元モデル妻。細い柳腰をくねらせながら小ぶりの尻を突きだした様子が悩殺的すぎて、祐作は口に溜まっていた発情のエキスごと、ごっくんと生唾を呑みくだしてしまった。

「ああんっ、祐作くん……」

彩子が、ぺろり、ぺろり、と亀頭を舐めながら声をあげる。

「そろそろ欲しいわ……あなたのこれが……」

「あ、あのう……」

祐作はおずおずと訊ねた。

「後ろからしてもいいですか？」

「えっ？」

彩子はペニスを手指でしごきながら振り返った。

「ふふっ、エッチね。でも、いいわよ、好きにして」

「ありがとうございます」

祐作は興奮に身震いしつつ、彩子の体の下から抜けだした。

つい最近童貞を失い、しかもそのときは三十路妻から座位の体位で挿入してもらった男として、バックスタイルはいささか大それたチャレンジかもしれない。

しかし、やってみたかった。

元モデルのセレブ妻を、四つん這いに這わせた状態で後ろから貫いてみたくて仕方がなく、鼻息を荒げて彩子の尻に腰を寄せていった。

6

(すごい眺めだな……)

鏡に映った自分たちをチラリと見やり、祐作はあらためて大きく息を呑みこんだ。

ラブホテルの壁が鏡になっていることなど珍しくもないのか、彩子は気にもとめていないけれど、鏡に映った四つん這いの女体はいやらしすぎた。

胸元に垂れた乳房、しなやかにくびれた柳腰、どこまでも丸い小尻——それらが織りなす流曲線は衝撃的な悩ましさで、牡の本能を揺さぶりたててくる。

さらに、だ。

彩子が突きだした尻の後ろには、膝立《ひざだ》ちの自分自身も映っているのだ。全裸でペニスをそそり勃《た》てている自分の姿など見たことがないから、四つん這いの彩子とのツーショットを眺めていると、ＡＶ男優にでもなったような気分である。

(大丈夫かな……)

自分からリクエストしたものの、バックからの結合は初めてなのでうまく挿入できる自信がない。

勃起しきった分身をつかんで桃割れにあてがうと、濡れまみれた粘膜と亀頭がねちゃりとこすれ、背中にぞくぞくと快美感が這いあがっていった。

「……も、もう少し下よ」

彩子が顔を前に向けたままこわばった声で言う。

ぬるりと湿った部分に沿って、亀頭を下にすべらせていくと、

「このへんですか？」

「んんっ……そ、そこ」

彩子が言い、祐作はようやく狙いを定めることができた。

（落ち着け……落ち着くんだ……）

逸《はや》る心を懸命に抑えながら、ゆっくりとペニスを前に送りだしていく。

ずぶりっ。

亀頭が沈みこむ感触がした。両手で尻の隆起を撫でさすりながら、さらにじりじりと奥に入っていく。

「んあああーっ！」

根元までペニスが沈みこむと、彩子は声をあげて柳腰をきつく反らせた。突きだした乳房をタプタプと揺れはずませた。

祐作は興奮に顔を真っ赤に染めあげて、結合部と鏡を交互に眺めた。

(入ってる……入ってるぞ……)

腰を動かすと、ペニスの出し入れが鏡でも確認できた。入れて抜くたびに、野太く勃起しきった肉竿が発情のエキスにコーティングされ、淫らな光沢を纏《まと》っていく。直接上から眺めれば、アーモンドピンクの花びらがめくれる様までつぶさに凝視できる。

「ああっ……あああっ……」

彩子が悶え、しきりに腰をくねらせる。祐作はその腰を両手でしっかりとつかみ、本格的に抽送を開始した。最初はぎくしゃくとぎこちなかったが、牡の本能が体を突き動かしてくれた。ぬるぬるに濡れまみれ、たまらない感触で食い締めてくる蜜壺が、奥へ奥へと導いてくれる。

「はっ、はぁうううう一っ!」

パンパンッ、パンパンッ、と尻肉をはじいて突きあげると、彩子は長い黒髪を振り乱して部屋中に響く悲鳴をあげた。

「き、気持ちいいですか?」

ずちゅっ、ぐちゅっ、と蜜壺をえぐりながら訊ねると、

「もおっ！　恥ずかしいこと聞かないで」

彩子は顔を前に向けたまいやいやと首を振った。鏡に映った横顔は生々しいピンク色に染まりきり、喜悦と羞恥《しゅうち》でくしゃくしゃに歪《ゆが》みきっている。

「でも、いいんでしょ？　気持ちいいんでしょ？」

女を――それもひとまわりも年上の人妻をよがらせている実感が、祐作を少年から大人の男へと覚醒《かくせい》させていった。

もっとよがらせたかった。

我を忘れて泣き叫ぶ彼女の姿を、見たくて見たくてしようがなかった。

「むうっ……むううっ……」

二十歳のエネルギーを全開にして、渾身《こんしん》の連打を放つ。

息継ぎも忘れて、四つん這いの女体が浮きあがるほど突きあげていく。

「ああぁっ……はぁああっ……」

「彩子さん、すごいですよ。すごい締まりですよ」

「くぅううっ……ううぅっ……」

「いいならいいって、言ってくださいよおおっ！」

最奥に亀頭をぐりぐりと押しつけると、

「はぁあああっ……いいっ！」

彩子がついに根負けした。

「た、たまらないわっ！　こんなに元気なオチ×チン、久しぶりよお……あああっ……」

「もっと気持ちよくなってくださいよ、もっとっ！」

祐作はぐいぐいと腰を振りたてた。ぎこちなかった腰の動きが、次第に様になってきた。

蜜壺のいちばん奥の狭くなっているところに、膨張しきった亀頭をねじりこんだ。

「はっ、はぁうううーっ！」

悶える彩子はベッドカバーを両手の指で掻き毟《むし》り、四つん這いの肢体をひねり続ける。

じりじりと前に進んでいく彼女を追いかけながら突きあげているうち、予想外のことが起こった。

ふたりの向いた位置が変わり、いつの間にか鏡の正面を向いていたのである。

（う、うおおおーっ！）

祐作は胸底で絶叫した。

横からのアングルもいやらしかったが、正面からも身震いを誘うほどすけべな眺めだ。

尻から太腿にかけての悩ましいカーブは拝むことができなくなってしまったけれど、そのかわり、悶え泣く表情を見ることができる。

「あ、彩子さんっ……」

両手を胸元にすべらせて、左右のふくらみをすくいあげた。

「前を……前を見て……」

「んんんっ……あああっ！」

鏡越しに視線が合い、彩子の美貌は恥辱に歪んだ。しかし、それは一瞬のことで、

「彩子さんっ……見てください……こっちを見てください……」

祐作がペニスを抜き差ししながら懇願すると、

「エ、エッチだな、もう……」

恥ずかしげに眉根を寄せつつも、潤んだ両眼を妖しく細めて鏡越しに見つめてくれた。

ギラギラとたぎる祐作の視線に、欲情に濡れた視線をからめてくれた。

たまらなかった。

祐作は彩子の乳房を揉みしだきながら、取り憑《つ》かれたようにピストン運動を加速させた。

ぬちゃんっ、ぬちゃんっ、という肉ずれ音と、パンパンッ、パンパンッ、という打擲《ちょうちゃく》音、
そして、

「はぁああっ、いいっ！　すごいわあああーっ！」

あられもない彩子の悲鳴が渾然一体となってベッドの上を支配し、部屋中を淫靡《いんび》な空気で満たしていく。女の割れ目からあふれる熱い粘液はすでに祐作の玉袋の裏まで及び、濃密な牝の淫臭が汗ばんだ体にからみついてくる。

「あああっ、ダメッ……」

彩子はぎゅっと眼をつぶり、ちぎれんばかりに首を振った。

「そ、そんなにしたら……イクッ……わたし、イッちゃう……はぁあうううう―っ！」

甲高い悲鳴をあげ、四つん這いの体をしたたかにこわばらせた。と同時に、ペニスを咥えこんだ蜜壺が、ひくひくと淫らがましい収縮を開始する。

(こ、これが……女の絶頂？)

蜜壺の食い締めは男の精を吸いださんばかりで、蛇腹のようにうねりうごめく。ぬめぬめした肉ひだが、ざわめきながらぴったりと密着してくる。

すさまじい一体感だ。

「おおっ……おおおっ……」

祐作は真っ赤になって腰を振りたてた。射精の前兆が耐え難い勢いでこみあげてきて、体の芯がカアッと熱く燃えあがっていく。

「で、出ます……僕も出ちゃいます……おおおおっ……」

野太い雄叫《おたけ》びとともに、煮えたぎる欲望のマグマを噴射した。

体の奥底から突きあげてくる快美感に身をよじりながら、オルガスムスに痙攣《けいれん》する女体の最奥に、ドクドクと若牡の樹液を注ぎこんでいった。

第三章　慰めてほしいの

1

(あの人、うちのお客さんだよな?)

パチンコホールのガラガラの店内で見覚えのある顔を発見し、祐作は足をとめた。

店が空いているのは平日の昼下がりだからだ。

今日は〈やさしいごはん〉の定休日。連れだって遊びにいく友達もいないので、暇をもてあましてパチンコにやってきたのである。

(上村智美さん、だったっけ。そういや、昨日も届けたよ……)

小柄な体軀《たいく》に黒いボブカット。年は二十代のようだから、若妻の部類に入るだろう。人妻でありながら、どこか可愛らしい、あどけなさすら漂っている顔立ちが、なおさらそんなふうに思わせた。

祐作は台を選ぶふりをして、智美の横顔をこっそりとうかがった。彼女はすでに後ろに五箱も出玉を積んでおり、現在も大当たりの真っ最中である。

とはいえ、あまり嬉しそうな雰囲気ではなかった。

『冬のソナタ』の主題歌が高らかに鳴り響き、ユジンとチュンサンのせつないラブシーンが繰りひろげられている台を、ぼんやり虚《うつ》ろな眼で眺めている。

もともと彼女は、物憂げというか哀しげというか、伏し目がちなおとなしいタイプで、二十代半ばの若妻なのに、どこか潑剌《はつらつ》さに欠けていた。

祐作と顔を合わせるシチュエーションが、よけいにそう思わせるのかもしれない。

智美は姑《しゅうとめ》と同居しているのだが、祐作が惣菜《そうざい》を届けるたびに、いつもこんな嫌味を言われていた。

「まったく。近ごろの子は、料理もできないのに嫁に来るんだから呆《あき》れちゃうわよ」

〈やさしいごはん〉のお得意様の多くがそうであるように、智美は料理が苦手なようだった。かといって姑のほうも腰が曲がってしまって家事が苦痛のようで、いつもデリバリを利用してしまうというわけらしい。

「あっ……」

智美がこちらを見て口を丸く開いた。眼が合ったが、バツが悪げに視線を泳がせる。

「どうも」

祐作は苦笑しつつ近づいていった。

「出てますね?」

「えっ、ああ……ビギナーズラックってやつ?」

智美はひどく気恥ずかしそうに答えた。

「パチンコなんて初めてやったのに、千円で出ちゃったの」

「そりゃあすごい。これ、まだまだ出ますよ。十箱はいくんじゃないですか」

「やだ。もうやめようと思ってたのに」

「いまやめたらもったいないですって。確変中じゃないですか」

「いつまで続くのかしら? それに終わったらどうすればいいの。こんなにたくさん……」

運ぶの重そう、という顔で後ろに積んだ出玉を見る。

「大丈夫ですよ。店員にまかせておけば」

祐作は笑ったが、

「店員さんが運んでくれるの? やだな。なんか怖い……」

智美が眉をひそめてあたりに視線を走らせた。

たしかにこの店の店員は、パンチパーマのコワモテ率が異常に高い。

「じゃあ、キリがいいところまで僕が付き合いましょうか？　どうせ暇ですから、玉運んであげますよ」

「あ、お店定休日ね？」

「そうなんです」

「じゃあ、悪いけどお願いしちゃおうかな。あとでお茶でもご馳走《ちそう》するから……」

祐作が隣の席に腰をおろすと、智美の台がピンク色の光を放ち、大当たりを告げる「恋愛モード突入！」を連呼した。


確変が終わるまで小一時間を要し、その後ふたりで近所の喫茶店に移動した。計十一箱を出した智美は、それをすべてお金に換えて興奮気味だった。

「パチンコってすごいのね。二時間で主婦のパートのお給料くらい稼げちゃった」

「ハマると怖いですよ」

祐作はわざとらしく声をひそめた。

「ビキナーズラックで大勝ちしたのが忘れられなくて、借金地獄に陥ってもやり続ける人もいるみたいですから」

「うん、もうやらない」

智美は力をこめてうなずき、

「パチンコ屋さんてうるさいし、怖いし……今日はあなたがいてくれて助かったけど……」

「いやあ」

祐作はまぶしげに眼を細めた。

相対してよく見ると、智美は意外なほど綺麗で色気があった。

黒髪のボブカットに、童顔とさえ呼べそうな可愛い顔。眼鼻立ちはすっきりと整い、くりっとした黒眼がちな眼がチャーミングだ。子供はいないようだが、昨今流行《はや》りのママさんアイドルを彷彿《ほうふつ》とさせる、と言えばイメージが伝わりやすいかもしれない。背は小さく、おそらく百五十センチに届くか届かないかくらい。黄色いニットに包まれた胸のふくらみは控えめでも、なんとも言えない丸みがあってセクシーだ。

家で会うときは嫌味な姑を気にして背中を丸めてうつむいているから、かなり美人なことも、セクシーなふくらみの持ち主であることも気づかなかったのかもしれない。

それに黄色いニットの下は、ひらひらした白いミニスカートだった。自宅で会うときには見たことがない、二十代の若妻らしい華やかな装いである。

（もしかして、これが……）

第三の役得へ続く道だったら、と妄想が暴走してしまう。

ひとり目の由里では座位であっさりと射精に導かれてしまったけれど、ふたり目の彩子はバックからガンガン責めて絶頂にまで導くことができた。

澄ました顔をしていても、人妻は裸になれば貪欲《どんよく》だ。眼の前の智美だって、おとなしそうに見えて、服を脱がしてみればあんがい呆れるほど淫らかもしれない。

「……ねえ？」

アイスオーレのストローをいじりながら、智美が上目遣いに訊《たず》ねてきた。

「さっき言ってたけど、あなた今日暇なのかしら？」

「ええ。もう、まるっきり」

「だったら、儲《もう》かっちゃったことだし、一緒に遊ばない？」

「遊ぶって……」

祐作は、妄想が現実味を帯びてきた気がして一瞬身を乗りだしたが、すぐに不埒《ふらち》な考えを心から追いだした。きゅうっと眉根を寄せた智美の表情が、すがるように痛切だったからである。

「実は今日ね、お義母《かあ》さんが町内会の温泉旅行で家にいないの。あの人がいるときは、こんなふうに昼から遊びに出ることなんてできないんだから。いつも籠《かご》の鳥……」

さもありなんという顔で、祐作はうなずく。

「だからね、今日パチンコで勝ったのは、神様が思いっきり羽を伸ばせって言ってるんだと思うの。お願い。なんでもご馳走しちゃうから、付き合って……」

拝むように両手を合わせる仕草が可愛らしすぎて、祐作の胸の鼓動はドキドキとはずみだした。

2

時刻は午後一時だった。

祐作はボウリングなんかどうでしょうと提案したのだが、智美の希望でカラオケボックスに入ることになった。

(まあ、俺が歌わなくても智美さんが歌うだろう……)

祐作は歌が苦手だったので、応援に徹しようとタンバリンを手にした。しかし、智美は智美で膝《ひざ》の上に置いた歌本を眺めてばかりいて、いっこうに歌いださない。

薄暗く狭苦しい室内を、重い沈黙が五分以上支配した。

「……どうしたんですか?」

祐作がおずおずと訊ねると、

「なんかね……」

智美はふっと苦笑し、

「シラフだと歌いにくいね。緊張しちゃう」

「ビールでも飲みますか?」

「あ、そうしよっか……」

オーダーの内線電話を入れ、生ビールで乾杯になった。智美はなかなかいける口らしく、瞬《また》く間にジョッキを二杯空にしたが、それでもまだ歌いださなかった。異変が訪れたのは、ビールを冷酒に変えてからである。

「ふううっ、やっぱり昼酒って効くわね～」

トロンとした眼つきでつぶやくと、おもむろに選曲パネルを操作し、歌いだした。おとなしそうに見えて、ノリのいいダンスナンバーが好みらしい。大塚愛、倖田來未……モーニング娘。の『LOVEマシーン』では、ソファの上に立ちあがり、元気よく踊りながら熱唱した。

（すげえな……）
タンバリンを叩きながら、祐作は圧倒されていた。籠の鳥の生活に、よほどストレスを
感じているのだろうか。
それにしても、ソファの上で歌って踊る彼女を見ていると、口のなかに生唾《なまつば》があふれて
くる。
智美は酔うほどに顔を赤らめ、色っぽくなっていった。ましてやノリのいいナンバーで
踊れば、可憐《かれん》な胸のふくらみがはずむ。ミニスカートを揺らして腰を振ると、むっちりし
た太腿《ふともも》がチラチラと顔を出す。ラメの入ったストッキングに包まれてなお、逞《たくま》しいほど張
りつめた肉感が生々しい。
（もしかして彼女も、欲求不満なのかも……）
祐作の胸はざわめいた。
靴を脱ぎ、ストッキングに包まれた足でステップを踏み、悩ましすぎる動きで腰を振っ
てる智美を見るほどに、そんな思いが強まっていった。これほどはしゃいでいるのは、籠
の鳥生活のストレスだけが原因ではなく、夫との関係にもなんらかの問題があるのではな
いだろうか。
「……あなたは歌わないの？」

『ＬＯＶＥマシーン』を歌いおえた智美が、息をはずませながら言った。黒いおかっぱヘアが乱れ、おでこが汗できらきら光っている。

「すいません。僕はその……絶望的な音痴なんですよ」

祐作が苦笑して首を振ると、

「じゃあ、ちょっと休憩」

智美はふうっと息を吐き、ソファの上で膝を抱えた。いわゆる体育座りというやつだ。ミニスカートなので、いまにもお尻が見えてしまいそうである。

「歌、うまいですね？」

祐作は眼のやり場に困りつつ言った。

「そんなことないけど」

「いやあ、うまいですよ」

正確に言えば、うまいというより声がいいのだ。ヴァイオリンのようにすべすべして、よく伸びるソプラノボイス。セックスのときも、たまらない声を出しそうだ。

「智美さんって、いつ結婚したんですか？」

「えっ？　三年前……」

「ご主人ってどんな人？」

「なによう？」

智美は眉をひそめ、唇を尖《とが》らせた。

「どうして急にそんなこと訊《き》くわけ？」

「いや、その……智美さんみたいな人と結婚できる男って羨《うらや》ましいなあと思って」

「お世辞言わなくても、ちゃんとご馳走してあげるけど」

智美は乾いた笑みをもらした。

「お世辞じゃないですって。智美さんみたいなお嫁さんが、僕も欲しいですよ」

「お料理できないのに？」

「人には得手不得手があります」

「姑がいないと、真っ昼間からお酒飲んじゃうのよ」

「まあ、時にはストレス解消も必要じゃないですかねえ」

「そうよね」

眼を見合わせて笑った。

「愚痴になっちゃいそうだなあ」

智美はふうっとひとつ溜め息をつき、

「主人はね……いちおう有名な会社に勤めてるし、やさしくて見た目もカッコいいんだけど……ちょっとマザコンなの。わたしが姑にいじめられてても、絶対あっちの肩もつし。結婚してからわかったんだけど、あれはショックだったなあ……」

遠い目でつぶやき、冷酒をぐいっと傾ける。

（これは……チャンスかもしれないぞ……）

祐作の心臓はにわかに早鐘を打ちはじめた。夫への不満が浮気のひきがねになるのは、すでに実証済みである。しかも智美はけっこう酔っている。据え膳《ぜん》が近づいてくる足音が聞こえるようだ。

「もっと愚痴っていいですよ」

祐作がマイクを渡すと、

「それじゃあ、遠慮なく……料理が苦手くらいなんだーっ！」

智美はマイクに向かって叫び、シュプレヒコールのように右手を天に突きだした。

「ほかの家事はちゃんとやってるじゃないかーっ！」

「そうだーっ！」

祐作も調子を合わせて右手を天に突きだす。

「文句があるなら自分でつくれーっ！」

「つくれーっ！」

「嫁よりママが大事なら、結婚なんてするんじゃないーっ！」

「するんじゃないーっ！」

眼を見合わせて笑った。今度はゲラゲラと大笑いだった。

「……ああ、すっきりした」

ひとしきり笑いおえると、智美は憑《つ》きものが落ちたような顔でつぶやいた。

「ありがとうね。わたし、年下の男の子に慰められたの初めてよ」

「いやあ」

祐作は頭をかきながら、内心ひどくがっかりしていた。シュプレヒコールなんかじゃなくて、ベッドの上でするストレス解消に興味はないのだろうか？

「よし。じゃあ、もっと歌おう。あなたも歌いなさいよ。音痴だっていいじゃない」

智美は元気よくソファの上で立ちあがった。しかし、相当酔いがまわってしまったのだろう。足元がふらつき、仰向けでひっくり返ってしまった。

（うおおおおーっ！）

祐作は眼を見開き、胸底で絶叫した。

ソファの上だったので頭をぶつけたりはしなかったが、ミニスカートが大胆にまくれてしまったのだ。

ラメの入ったパンストの下で、淡い紫のパンティが股間にぴっちりと食いこんでいた。スケスケのナイロンが恥毛を透かせ、両サイドが紐《ひも》で結ばれたセクシーすぎるデザインである。

「やだっ！」

智美はあわててスカートを直したけれど、もう遅かった。

祐作はしっかり、薄紫のパンティから透けたハート型の恥毛を目撃してしまった。

眼を血走らせている祐作と、羞恥《しゅうち》に唇を噛《か》みしめている智美が、チラチラと視線をぶつけあう。

カラオケボックスの狭苦しい空間が、一瞬にしておかしな雰囲気になってしまった。

3

祐作と智美はしばしの間、息を呑んで見つめあった。

祐作の眼にはいまのパンチラで拝んだ残像が焼きつき、智美のその部分には祐作の熱い視線の痕跡がありありと残っていることだろう。

（白いミニスカートの下が紫のパンティなんて……）

おとなしそうに見えて、彼女もやはり人妻、内側に隠した欲望は計り知れないのだ。

「あ、あのう……」

祐作がじりっと身を寄せていくと、智美は後退《あとずさ》った。だが三人掛け程度のソファなので、すぐに背中がコーナーにあたってしまう。

(どうする? ホテルに誘うか、それともここでちょっと……)

個室のドアはガラスに色が塗られているので、外から室内をうかがえない。つまり、少々羽目をはずしても、店員に咎《とが》められる心配はないはずだった。こんな場所で人妻にイケない悪戯《いたずら》をしてしまうなんて、想像するだけで睾丸が迫《せ》りあがってくるほど興奮してしまう。

「智美さん……」

肩を抱き寄せ、顔を近づけていく。智美は抵抗せず、ただ切れ長の眼を見開いているばかりである。

「……ぅんんっ!」

勇気を出して唇を奪った。智美の口からは、いままで飲んでいた冷酒の甘い香りがぷんと匂った。

「ぅんんっ……ぅんんっ……」

舌をからめはじめると、見開かれていた智美の両眼は細められ、ねっとりと潤んでいった。みずから祐作の首に両手をまわし、可憐な胸のふくらみを押しつけてきた。

（やったぞ……）

祐作は内心で快哉《かいさい》を叫んだ。

欲求不満なのか、あるいは姑の肩ばかりもつ夫に復讐《ふくしゅう》したいせいかはわからないが、拒むつもりはないらしい。冷酒の味がなくなるまでじっくりと舌をしゃぶってやると、吐息がみるみる熱っぽくなっていった。

「……うんんっ！」

智美が鼻奥でうめく。祐作の手が、黄色いサマーセーターに包まれた胸のふくらみをまさぐりだしたからである。

「可愛いおっぱいですね。手が震えちゃいますよ」

ささやきながら丸い隆起を撫《な》でさすり、やわやわと手指を動かす。手のひらにすっぽりおさまる可憐なサイズに、胸の高鳴りを抑えられない。

「直接見てもいいですか？」

上目遣いで訊ねると、

「こ、ここで？」

智美は息を呑んだ。

「大丈夫ですよ。オーダーしなけりゃ店員は来ないですから」

「……ちょ、ちょっとだけよ」

智美はうつむいて答えた。

もじもじと身をよじっているのは、羞《は》じらいのせいばかりではないだろう。長々と続けたディープキスで、欲情のスイッチが入ってしまったのだ。

(ふふっ、俺ってちょっとした人妻ハンターだな……)

祐作は内心で笑みをもらした。

つい最近まで童貞で、しかも二十歳になってようやく女を知った情けない身とはいえ、元モデルのセレブ妻・彩子を絶頂に導けたことが、祐作に確かな自信を与えていた。人妻を落とす手練手管をつかみかけていた。

(うわあっ……)

黄色いニットをめくりあげ、ブラジャーを露《あら》わにする。

パンティと揃《そろ》いのデザインで、ひらひらしたレースに飾られた紫色のカップ。セクシーなデザインはもちろん、可憐な隆起に眼を釘《くぎ》づけにされる。

「な、何カップあるんですか？」

「……いちおうCだけど」

小さくて悪かったわね、と言わんばかりに智美がつぶやく。

「Cですか……」

祐作はごくりと生唾を呑みこみ、鼓動を乱しながら智美の背中に両手をまわした。指が激しく震えているのは、ブラのホックをはずし慣れていないせいだけではなく、興奮しているからだ。女の乳房は、大きければいいというものでもない。

「やあん、恥ずかしい……」

祐作がカップをめくろうとすると智美は視線を泳がせたが、かまっていられなかった。

（うおおおーっ！）

露わになったCの乳房は、さながら肉まんをふたつ並べたようだった。ふくらみ具合も若々しいし、まだ二十代半ばの若妻らしく、乳首がピンク色に輝いている。

吸い寄せられるように右手が伸びていき、肉の隆起を裾野《すその》からすくいあげた。

「ああんっ……」

智美が控えめに声をもらす。

しかし、声をあげたいのは祐作のほうだった。

（なんて柔らかいおっぱいなんだよ……）

由里の乳房も柔らかかったけれど、それ以上の超軟乳である。もっちりしていて指が簡単に沈みこむし、すべすべとなめらかな肌の感触もたまらない。

「むうっ……むううっ……」

気がつけば鼻息も荒く揉《も》みしだいていた。かなり痛烈に揉みこんでも、柔らかいふくらみはすべてを吸収してくれる。こねあげるように揉みしだくほどに、乳肉が手のひらに馴《な》染《じ》んでくる。

「ううんっ！　そんなにしたら感じちゃううっ……」

智美はいやいやと身をよじったが、どう見てもすでに感じていた。その証拠に、まだ触れてもいない乳首が勃《た》ってきている。ぽっちりといやらしい円柱となって、さらなる愛撫を誘ってくる。

祐作はつまんだ。硬くしこった卑猥《ひわい》な感触に頭がカアッと熱くなり、もう片方の乳首にも口で吸いついていく。

「くぅううっ……」

智美は喜悦に悶えてのけぞりながら、両手で祐作の頭を抱きしめた。柔らかな乳肉に、祐作の顔がむぎゅっと沈みこむ。

「ぐぐっ……」

一瞬、息ができなくなったが、それすらも心地よかった。肉まんのように可憐なふたつのふくらみと戯れた。口に含んだ乳首は舐《な》めしゃぶるほどに硬くなり、挑発的に尖りきっていった。

4

カツカツ……と廊下を歩く足音が聞こえてくる。歌を歌っていないとやけに大きく室内に響きわたって、イケない場所でイケないことをしていることを自覚させてくれる。とはいえ、いまの祐作と智美にとっては、それすらも欲情を刺激する小道具だった。カラオケを楽しむための場所で生乳を揉んで揉まれているという、スリリングな状況に興奮しきっていた。

「ああっ……あああっ……」

素肌がじっとりと汗ばむまでCの美乳を揉みしだかれた智美はハアハアと肩で息をし、黒眼がちな眼をねっとりと潤ませて、頬を淫らなピンク色に染め抜いている。硬く尖って唾液にまみれた自分の乳首を眺めては、せつなげに眉根を寄せていく。

(たまらない……たまらないよ……)

すでに十分以上、可憐な乳肉と戯れているのに、祐作の愛撫は熱烈さを増していくばかりだった。

智美もすっかりその気になってくれたようだし、そろそろカラオケボックスを出てラブホテルに移ったほうがいいのかもしれない、と思っているのに、愛撫をやめることができない。この場所でもっと彼女を乱れさせたい。乳房だけではなく、先ほど一瞬だけ拝むことができたミニスカートのなかも悪戯したい。

「……ダ、ダメッ！」

太腿に伸びた祐作の右手を、智美が押さえた。

「ダメよ、そこまでは……」

眉根を寄せて首を振る智美の真意を、祐作は探った。すること自体がダメなのか、それともこの場所ではダメなのか、どちらともとれる表情をしている。

「いいじゃないですか。お願いしますよ、智美さん」

「でも……」

そのとき、壁に備えつけられた電話機が鳴った。フロントからの時間確認らしい。

「で、出るわ……」

智美は祐作の魔手から逃れるように受話器に飛びついた。

「はい……わかりました、あと十分ですね……延長は……ええと、そのう……どうしようかしら？」

智美はチラと祐作を振り返った。ためらった素振りをしつつも、きっぱり帰ると告げないところに人妻の欲望が匂う。年上なのにいっそ可愛らしいと言いたくなるほど、建前の裏に本音が透けている。智美がこの場所で淫らな遊びを続けたがっているのは、火を見るよりも明らかだった。

（よーし……）

祐作はソファから立ちあがり、智美を後ろから抱きしめた。ミニスカートのなかに手を入れると、パンストとパンティ、二枚の下着越しにもかかわらず、股間は妖しい熱気をむんむんと放っていた。

「うっく……」

智美が声をつまらせて身をよじる。祐作は受話器をあてていないほうの耳に唇を寄せ、

「……延長しましょうよ」

ささやきながら、股間をまさぐる。パンストのセンターシームに沿って、ねちり、ねちり、と中指を尺取り虫のように這《は》わせる。

「だって、こんなに燃えてるじゃないですか？　奥さんだって、もう少し続きをしたいん

でしょう?」

でも……と智美は唇だけを動かして拒否しようとしたが、股間の刺激にぶるるっと身震いした。妖しい熱気を放つ下着のなかは、おそらくびしょびしょに濡《ぬ》れていることだろう。たとえ頭では帰ったほうがいいと思っていても、淫らな欲情に抗《あらが》いきれない。

「す、すいません……」

高ぶった声をか弱く絞ってフロントに言った。

「延長します……はい……三十分でいいです……お、お願いします……」

受話器を置いた智美は、

「ううう……」

と唸《うな》りながら、恨みがましい眼を向けてきた。そんな表情は、人妻なのにどこか少女じみている。

「ふふっ、嬉しいですよ」

祐作は勝ち誇った声で言い、指の動きを饒舌《じょうぜつ》にした。ざらついたナイロンに包まれたこんもりした恥丘を撫でまわし、じわり、じわり、と愛撫の中心を下方に移動させていく。指をすべり落としていけばいくほど、妖しい熱気はじっとりした湿り気を増し、女体の興奮を伝えてくる。

「うっくっ……ううう……」

智美はもう、抵抗しなかった。ただ身をすくめ、祐作の指の動きに五体を小刻みに震わせるばかりである。

祐作は智美をソファに押し倒し、両脚をM字に割りひろげた。白いミニスカートがまくれあがり、なかから紫色の紐パンティが顔をのぞかせる。それを包むパンストのセンターシームも生々しい。

「ああっ、いやっ……」

羞じらう智美の姿に興奮を揺さぶられながら、祐作はパンストに包まれた股間に鼻面をこすりつけた。二枚の薄布越しにもかかわらず、発酵しすぎたヨーグルトのような牝の発情臭が濃密に漂ってくる。下着の奥は、いったいどれほど盛大に濡れているのだろう。

（……さて、どうする？）

ミニスカートもパンストも脱がしてしまいたいところだが、しかしここはカラオケボックスの個室。万が一のことを考えれば、そこまで大胆な行動はためらわれる。

「あのう……」

上目遣いに智美を見た。

「パンスト破っていいですか？」

「えっ？　ええええっ……」

極端な嫌悪を示されたら諦《あきら》めようと思っていたが、智美の顔に浮かんだのは焦りと戸惑いだけで、拒絶の意志は伝わってこなかった。

ならば、と祐作は強行突破することにした。

ビリビリッとサディスティックな音をたててラメ入りのナイロンを破り、淡い紫色のスケスケパンティを剝《む》きだしにしていく。両サイドの紐を素早くといて、股間に貼りついた薄布を奪いとってしまう。

「い、いやあああっ……」

悲鳴を放った智美の股間に、女の花が咲き誇った。

可憐な花だった。アーモンドピンクの花びらは薄くて小さく、まさしく裂け目と呼びたくなる生々しい性愛器官だ。

けれどもその裂け目からは大量の蜜が分泌され、パンティに隠されていた部分をテラテラと卑猥に濡れ光らせていた。

（うわっ、すげえ……）

指先で裂け目をひろげると、透明な蜜だけではなく、コンデンスミルクのような白濁した粘液まであふれてきた。いわゆる、本気汁というやつである。

「あぁううーっ！」

裂け目に口づけをすると、智美は声をあげてのけぞった。

祐作は舐めた。

まずは裂け目の縦筋に沿って下から上に、ねちり、ねちり、と舌を這わせる。裂け目の奥の薄桃色の粘膜が、ひくひくとうごめいてさらなる愛撫を誘ってくる。

（いやらしい、オマ×コだ……）

祐作は脳味噌が沸騰するほど興奮しながら、夢中になってクンニリングスを施した。舌を尖らせ、肉の合わせ目にあるクリトリスを、包皮の上からこちょこちょとくすぐってやると、

「あぁううっ……んんんっ！」

智美は悲鳴のあふれそうな口を両手で塞《ふさ》いだ。

カツカツ……廊下からは常に行き交う足音が聞こえている。

その足音の存在が、祐作と智美をことのほか熱く燃えあがらせた。智美は悲鳴をこらえたかわりに、肉の裂け目から大量の蜜をあとからあとからあふれさせ、祐作の口のまわりをみるみるうちにびしょ濡れにしていった。

5

「ああっ、もうやめて……」

ひいひいと喉を鳴らしてクンニリングスに悶えていた智美が、不意に上体を起こした。

「そ、そんなに舐められたら……ふやけちゃうわ……」

「ハハッ、大げさですね」

祐作は発情のエキスでねとねとに濡れた唇を歪《ゆが》めて、ニヤリと笑った。

パンストの穴から露出した智美の女陰は、アーモンドピンクの花びらをぱっくりと左右に開き、薄桃色の粘膜が丸見えだった。

とはいえ、女陰がふやけそうなのは、彼女自身がこんこんと漏らしている発情のエキスのせいだ。やめてと言ったのは、行為を中断してここから出ていこうという意味ではなく、もうクンニはいいから男の器官でとどめを刺してほしいということだろう。

（それは望むところだけど……）

祐作にしてもジーパンの下で痛いくらいに勃起しきって、ブリーフのなかがぬるぬるになるほど我慢汁を漏らしていた。淫らなまでに潤んでいる若妻の女肉をすぐにでも味わいたくて、息苦しいほどだった。

しかし、ここはカラオケボックスの個室。ペッティングならともかく、本格的な性交に突入してしまってもいいものだろうか？

（せっかくだから、ホテルでじっくり楽しんだほうがいいよな……）

おとなしそうに見えて、智美も人妻。女の悦びを熟知しているだろう。お互い素っ裸になり、手脚を伸ばせるベッドの上のほうが、牝の本能を遺憾なく発揮してくれるに違いない。

「そろそろ出ましょうか？」

祐作がささやくと、

「……出てどうするの？」

智美は首をかしげた。

「いや、ラブホにでも……」

「なに言ってるのよ」

欲情に蕩《とろ》けきっていた智美の顔が、ハッと我に返った。クンニに悩ましく垂れさがっていた眉を吊りあげて祐作を睨《にら》み、

「いまさらホテルなんて……ここでいいじゃない」

「いや、でも……」

弱気に苦笑する祐作に、智美は身を寄せてきた。むしゃぶりついてきた、と言ったほうが正確かもしれない。有無を言わさずTシャツの裾をまくり、脱がされてしまう。

「な、なにを……」

「もうっ！　人のストッキングまで破っておいて、自分は脱げないなんて言わせないわよ」

「むむっ！」

ジーパンをもっこり盛りあげている股間のテントをまさぐられ、祐作はのけぞった。

「ほらあ、あなただってこんなに硬くなってるじゃない？　もう我慢できないでしょう？」

智美は素早い動きでベルトをはずし、ジッパーをさげ、ジーパンとブリーフをめくりさげていく。

「……やだ」

ぶうんっ、と唸りをあげて天井を睨みつけたペニスを見て、智美は眼を丸くした。

「なんて立派なオチ×チンなの。びっくりしたぁ……」

舌なめずりするその顔は先ほどまでのおとなしい彼女ではなく、完全に発情しきった牝だった。

「あの……ちょ、ちょっと待ってください……」

あわてる祐作から、智美は次々と服を奪っていく。靴と靴下を脱がされ、ジーパンとブリーフを脚から抜かれて、あっという間に一糸纏《まと》わぬ丸裸にされてしまう。

（マジかよ……）

カラオケボックスで全裸になったことなどもちろん初めてだった。玉袋から尻の穴にかけてやけにスースーするのが心細い。してはいけないことをしている実感が、全身に鳥肌を立てさせる。

「や、やばいですよ……」

祐作が声を震わせると、

「なにがやばいのよ？」

智美は潤んだ瞳で男の裸身を舐めるように眺めてきた。

智美のほうはストッキングに穴が開いているものの、ミニスカートに隠れているし、黄色いニットもいつの間にか元の状態に戻っていたので、少々服が乱れているにすぎない。

「いくらなんでも全裸は……もし店の人が来たら……」

祐作が泣きそうな顔で情けなく背中を丸めると、

「あーら。オーダーしなけりゃ店の人は来ないって言ったのは、どこの誰だったかしら？」

智美は澄ました顔で答え、右手を祐作の股間に伸ばしてきた。はちきれんばかりに膨張した肉竿《にくざお》をつかみ、すりっ、すりっ、といやらしくこすりたててくる。

「むむっ！」

もみじのように可愛い手をしているくせに、ペニスの扱い方は人妻らしいテクニックを有していた。

「大丈夫だって言っておっぱい吸ったの誰？　パンストまで破ってクンニしたのは誰？」

智美は妖しい流し目で祐作を見つめ、

「そ、それは僕ですけど……」

祐作がしどろもどろに答えると、

「だったら、文句言わないの」

勃起しきった肉茎に顔を近づけてきた。つやつやしたピンク色の舌を伸ばし、我慢汁で妖しく濡れ光る亀頭にねっとりと這わせた。

「むむむっ！」

敏感な男性器官を生温かい舌で舐めまわされ、祐作は首にくっきりと筋を浮かべた。智美の唇は小さいけれど肉感的で、それに亀頭を咥《くわ》えこまれると、頭のなかが真っ白になってしまった。

6

（まったく、なにが人妻ハンターだよ……）

祐作はあわあわと悶絶しながら胸底でつぶやいた。

人妻の弱みにつけこみ、自分からエッチな悪戯を仕掛けたはずだった。おとなしい智美が相手ならと甘く見て、イニシアチブを握っていたつもりだった。しかし、気がつけば完全に智美にイニシアチブを奪いとられ、受け身一辺倒の状態になっていた。

（恥ずかしすぎるよ、もう……）

ひとり全裸にされた祐作は、カラオケボックスの狭いソファの上で仰向けにされ、両脚をひろげられて、おしめを替えられる赤ん坊のようなポーズを強いられている。いわゆるマングり返し、いや、男なのでチングり返しの体勢である。

智美のフェラチオは大胆かつ執拗《しつよう》で、ペニスを唾液まみれにするだけでは飽きたらず、玉袋の裏からお尻の穴にまで念入りに舌を這わせてきた。

「ああっ……ううっ！」

アナルを舐められるくすぐったさに身をよじると、

「やだあ、女みたいな声出さないで」

智美は淫靡《いんび》な表情でくすくすと笑い、

「気持ちがいいの？　お尻を舐められて、女みたいによがっちゃうほど気持ちいいの？」

アナルの皺《しわ》を舌で伸ばしつつ、握りしめたペニスをこすりたててくる。

「むううっ……むううっ……」

祐作はほとんど悶絶していた。

唾液でぬるぬるになった肉竿を女の細指でしごかれるのは、乾いた状態で自分でしごくのとはまったく違って、気が遠くなるほど気持ちいい。

（まさか、あのおとなしそうな智美さんが、ここまでするなんて……これじゃあ完全にドSの痴女じゃないか……）

あまりの豹変《ひょうへん》ぶりに唖然《あぜん》としつつ、

「く、くすぐったいですっ！　お尻の穴はくすぐったいですっ！」

切羽つまった声で訴えても、

「嘘ばっかり」

智美は愛撫の手を休めない。

「じゃあ、どうしてこんなに我慢汁漏らしてるの？　気持ちがいいからでしょう？」

「あううーっ！」

鈴口から漏れるカウパー氏腺液をチュウッと吸われ、祐作は真っ赤になって悶絶した。

たしかに気持ちよかった。

アナルへの刺激はくすぐったいのだが、同時にペニスをしごかれると、くすぐったさと快美感が入り混じり、ただペニスをしごかれるより何十倍も強烈な刺激が襲いかかってくる。

それにしても、チンぐり返しは恥ずかしすぎる。

カツ、カツ、カツ……ドアの外を行き交う足音はにわかに数を増し、誰かが間違ってこの部屋のドアを開けたらと思うと生きた心地がしなかった。

ガラスのドアに色は塗られていても、鍵はついていないのだ。しかし、そんなスリリングな状況が、勃起をひときわ硬くみなぎらせていることも、また事実だった。この状況でクンニをされて乱れに乱れた智美の気持ちが、いまなら身にしみてよくわかる。

「ああんっ、もう我慢できない」

智美がアナル舐めを中断した。祐作の体をチンぐり返しから仰向けに直して、その腰にまたがってきた。

（いよいよ……そこまでするのか……）

期待と不安が祐作の背中をぞくぞくと震わせる。

智美は相撲の蹲踞《そんきょ》のような要領で、両脚をM字に立てた騎乗位の体勢になった。股間はミニスカートで隠れているが、その奥ではパンストが破れて陰部が剝きだしになっている。その部分に、勃起しきったペニスの先端が導かれていく。

「ああんっ……」

ぬちゃっ、と亀頭と女陰があたり、ピンク色に染まった智美の顔が歪んだ。深々と刻まれた眉間《みけん》の縦皺から、若妻の色香がむんむんと漂ってくる。

「んんっ、大きいっ……」

ゆっくりと腰を落としながら、艶《つや》っぽくささやく。ミニスカートのなかで、ぬちゃっ、ねちゃっ、と肉のこすれる音がする。

（すごい……奥の奥までぐっしょりじゃないか……）

祐作は蜜壺《みつつぼ》の濡れっぷりに唸った。しかも、ぐしょぐしょに濡れているにもかかわらず、締めつけはどこまでも痛烈だ。

「あああーっ！」

智美が最後まで腰を落とし、ペニスを根元まで咥えこんだ。結合の衝撃に、ぶるっ、ぶるるっ、と五体を震わせつつ、祐作に見せつけるようにミニスカートの裾を両手でつまみあげる。

（うおおおおーっ！）

黒々とした恥毛と、深々とペニスを咥えこんだ女陰を目《ま》の当たりにし、祐作は眼を見開いた。瞬《まばた》きも忘れて結合部分を凝視した。

「ああっ、いやああっ……」

祐作の視線を意識した智美が、羞じらいに身をよじる。しかしその動きは、すぐにひときわ恥ずかしい方向へと移行し、ゆっくりと腰をもちあげては、ペニスを根元まで呑みこんだ。アーモンドピンクの花びらの間から出てくるたびに、ペニスはぬらぬらした発情のエキスの光沢を纏って、いやらしすぎる姿になっていく。

「ああんっ……いいっ！　た、たまらないわっ……」

智美は両腿を前に倒し、本格的に腰を使いだした。ミニスカートの前を両手でつまんだまま股間をしゃくるように振りたてる姿は息を呑むほどいやらしく、性器の摩擦感も格段に強まっていく。

（こっちだって、たまらないよ……）

祐作は智美の腰振りに翻弄《ほんろう》され、あわあわと悶えるばかりだった。悶えつつ腰を浮かし、下からペニスを突きあげた。智美の蜜壺は奥に行くほど狭くなっており、亀頭をしたたかに締めつけてくる。

「ああっ、きてるっ！　奥まできてるうううーっ！」

智美はもはや忘我の状態で、ベリィダンスでも踊るように夢中になって腰を振っている。股間がしゃくられるたびに、発情のエキスが飛沫《しぶき》となってあたりに飛び散り、お互いの陰毛をぐっしょり濡らしていく。

（ま、まずいよ……このままじゃ……で、出ちゃう……）

祐作はペニスの芯《しん》が甘く疼《うず》きだすのを感じ、唇を嚙みしめた。

しかし、その程度ではとてもこらえきれるものではない。

射精の前兆がぐんぐんと迫ってくる。

腰がブリッジするように反っていき、小刻みにわななきだす。

そのときだった。

トゥルルルル……と壁の電話機が鳴った。フロントからの時間確認だ。

「なによ……こんなときに……」

智美が電話機を見て、恨みがましく眼を細めた。

「わたし、もうすぐなのに……すぐイッちゃいそうなのに……」

喜悦に顔をひきつらせつつ、ゆるゆると腰を動かしつづけ、

「あなた、出て」

と受話器を取って渡してきた。

（えええっ……）

祐作は一瞬呆然《ぼうぜん》としたが、出ないわけにはいかない。

「お時間十分前ですが？」

フロントの女性店員が冷たく乾いた声で言った。

「いや、その……むむっ……」

射精寸前に身悶えている祐作は、まともにしゃべれない。

「延長しますか？　それとも、もう出ます？」

智美の腰振りのピッチがあがる。ずちゅっ、ぐちゅっ、と淫らがましい音を振りまき、勃起しきった男の器官をぬるぬるに濡れた肉ひだでこすりたててくる。

（やめてっ……やめてくれえええええーっ！）

祐作の顔がくしゃくしゃに歪みきっていくのを見て、智美は不敵な笑みをこぼした。黒眼がちな眼をギラギラとたぎらせて、さらに激しく腰を振りたててくる。

「も、もう出ますっ！」

祐作は受話器を持ったまま叫んだ。

「で、出るっ……出ちゃいますっ……おおおおおーっ！」

雄叫《おたけ》びの直前に智美が電話のフックを押さえなければ、不審に思った店員が個室までやってきたかもしれない。

「おおおっ、出るっ……出るうううーっ！」

祐作は痛切な声をあげて、下から大きく突きあげた。

それが最後の楔《くさび》となって、ペニスが発作の痙攣《けいれん》を開始する。限界を超えてふくらんだ亀頭の先端から、沸騰しきった欲望のエキスが、ドピュドピュドピュッ！　と勢いよく噴射した。

「はっ、はぁおおおおおーっ！」

体の内側に灼熱を感じ、智美ものけぞって悲鳴をあげる。

「イクイクイクッ！　わたしもイッちゃうううーっ！」

ビクンッ、ビクンッ、と五体を跳ねあげて、歓喜の階段を駆けあがっていった。アクメに達した蜜壺が射精中のペニスをぎゅうぎゅうと食い締め、しばらくの間ふたりは、恍惚《こうこつ》に歪んだ声をあげて身をよじりあいつづけた。

第四章　助けてほしいの

1

デリカテッセン〈やさしいごはん〉は、一般家庭だけではなくオフィスにもデリバリしている。お昼時はむしろそちらのほうが多いくらいで、コンビニの弁当より少々割高でも、ずっとおいしくて栄養価も高いと評判だった。

祐作がその日配達したのは、初めて注文を受けた広告代理店。といっても有名タレントが出演するテレビCMをつくっている大企業ではなく、ビルのワンフロアだけの小さな会社だったが、昼時にもかかわらずスーツ姿の男女が活発に働いていた。

「おまたせしました。〈やさしいごはん〉です」

扉を開け、いちばん最初に眼についた女性社員に声をかけると、

「あ、悪いけど奥の会議室のテーブルに出しておいて」

彼女はひどくあわてていて、いまは食事どころではないという口調で言った。

オフィスへのデリバリではよくあることなので、祐作はうなずいて会議室に向かった。

だが、なにかが胸にひっかかっている。

(あれ？　いまの人……)

ハッとして振り返ると、やはりそうだった。濃紺のタイトスーツを颯爽《さっそう》と着こなし、髪をアップにまとめていたので一瞬気がつかなかったけれど、祐作の隣家の奥さんだ。

(へえ、こんなところで働いてるんだ……)

半年ほど前のことだろうか、アパートの隣にお菓子の家のような洒落《しゃれ》た一軒家が建ち、三十歳前後の若い夫婦が引っ越してきた。

ご主人も感じのいい人だったが、奥さんの美しさには度肝を抜かれた。

表札によれば、名前は青井京香。

瓜実《うりざね》顔の麗しい顔立ちをしていて、スタイルは均整がとれ、ふわりとカールした長い黒髪が綺麗だった。子供はいないようだったが、エプロンがよく似合い、新築の家で夫と暮らせるのが幸せでたまらないという雰囲気が全身から漂っていた。

彼女が引っ越してきてから、祐作にはひそかな楽しみが生まれた。

アパートの部屋が隣家の庭に面しているので、洗濯物を干している姿を見ることができるのだ。ピンチハンガーに色とりどりの華やかなパンティをぶらさげている姿をのぞいては、妄想を逞しくしていた。

「すいません。おいくら？」

京香が財布を持って、そそくさと会議室に入ってきた。自宅の庭ではいつも明るい笑顔を浮かべているのに、仕事に追われているせいか、眉間《みけん》に険しい皺《しわ》が寄っている。

「四千五百二十円になります」

「……あら？」

財布から代金を取りだした京香が、不意に眼を丸くした。ようやく気づいてくれたらしい。

「あなた、お隣の……」

「谷島祐作です」

祐作はテヘへと笑って頭をかいた。

（エプロン姿もいいけど……）

タイトスーツもよく似合い、いかにも働くお姉さんといった風情《ふぜい》でたまらない色香を放っていた。普段着では隠されているバストやヒップのラインが強調され、接近されると化粧品のいい匂いが漂ってきた。眉間に皺を寄せている表情さえなんだかセクシーで、不思議なほど胸がドキドキしてしまう。

「奥さん、お仕事なさってたんですね。専業主婦かと思ってましたけど」

「ええ……先月からこの会社にお世話になってるの……」

京香は気まずげに苦笑し、

「でも、まさかあなたが〈やさしいごはん〉で働いているとは思わなかったな。おいしいって評判よね？　人気があるから忙しいでしょ？」

「ええ、まあ」

褒め言葉に気分がよくなり、祐作の口は軽くなった。

「実はうちの店、僕の高校の先輩が店長なんです。まだ若いけど、どんどん新しいアイデアを出すやり手だから、チェーンのなかでも売り上げがいつも上位でして……」

「あら、そう」

京香の顔色が変わった。何事かを思案するように、しばし視線を泳がせてから訊ねてきた。

「あなた、その店長さんと仲がいいの？」

「そりゃもう。同郷の先輩っていえば、血の繫《つな》がってない兄貴みたいなものですよ、ええ」

　実際はそれほどでもないけれど、つい口がすべってしまう。

「……ねえ？」

　京香はふいに声をひそめると、祐作の耳元に唇を寄せてきた。

「今日は仕事何時まで？」

「八時ですけど」

「そのあとの予定は？」

「ありません」

「だったら家に帰る前に、ちょっとうちに寄ってくれないかしら。お話があるの」

「……話？」

　首をかしげる祐作に、京香は拝むように両手を合わせた。

「時間はとらせないわ。そうだ、なんだったらついでに夕食もご馳走《ちそう》しちゃうから。ね、いいでしょう？」

「……はあ」

　祐作は渋々うなずいた。夕食に釣られたわけではなく、京香の表情があまりに切羽詰まっていたので断れなかったのだ。

2

(話ってなんだろうな……)

仕事を終えて帰路についた祐作は、期待と不安を交錯させながら京香の家の玄関ベルを鳴らした。

「入って」

ドアを開けた京香は、まだ濃紺のスーツ姿だった。

「よかった。わたしもちょうどいま戻ったところだったの」

「……はあ」

リビングにうながされた祐作は、ストッキングに包まれた京香の足を見て息を呑んだ。スリッパを履いていないから、爪先まで露わな無防備状態だ。

しかも、後ろからついていくと、タイトスカートのなかで丸々と肉づいたヒップが左右に揺れている様子までしっかりと拝むことができた。

なんの話があるのか知らないが、来てよかった。

「ごめんね。ごはんの準備できなかったから、話が終わったら外に食べに行きましょう。

ビールでも飲む？」

「……あ、いただきます」

祐作がうなずくと、京香は冷蔵庫を開けて缶ビールを出した。

（ずいぶん可愛い家だな……）

キャビネットに飾られたツーショット写真や、ペアで並んだファンシーな食器、妙に少女趣味的なレースのカーテンや花柄のカーペットなど、新婚家庭の愛の巣らしいアイテムが随所に散見され、外観だけではなく室内もお菓子の家のように甘ったるい。

「どうぞ」

とうながされたソファは、いわゆるラブソファというやつで、燃えるような真っ赤なカラーリングと、座った男女の体が密着するように狭苦しいデザインが眼を惹《ひ》いた。

祐作がソファに腰をおろすと、京香も並んで腰かけてグラスにビールを注《つ》ぎ、

「乾杯」

とグラスを合わせてきた。

「あのう、ご主人は……」

祐作が視線を泳がすと、

「まだ会社」

京香は言い、グラスを置いて祐作をじっと見つめた。

「早速、話をしてもいい？」

「え、ええ……」

「あなた〈やさしいごはん〉の店長さんと兄弟みたいに仲がいいのよね？」

「はい」

祐作はうなずき、

「ちなみに、その店長の奥さんは本社の社長の娘さんなんですよ」

「本当？」

京香は身を乗りだし、

「それじゃあ、ますます好都合ね。〈やさしいごはん〉の新聞の折り込み広告を、ぜひうちの会社でつくらせてもらいたいの」

「……広告、ですか」

祐作は溜め息まじりに答えた。がっかりだった。さして期待はしていなかったけれど、要するに営業か。

「実はね、わたしひと月前からいまの会社で働きはじめたんだけど、営業ノルマがクリアできなくて、このままじゃ正社員として雇ってもらえそうにないのよ……」

京香はビールで舌を潤しながら、身の上話を始めた。

なんでも、夫の勤めている不動産会社が業績不振により給料とボーナスを大幅にカットされ、このままでは家のローンが払えなくなると、京香も働きに出ることになったらしい。その京香が正社員になれなくては、いよいよ建てたばかりのこの家を手放すことまで考えなければならないという。

「そりゃあ、大変ですね……」

祐作は同情しつつも、京香の期待に応えられる自信がなかった。たしかに店長の菊川とは仲がいいし、奥さんの梨乃さんにも可愛がってもらっている。とはいえ、ふたりともお金に関しては大変シビアだ。野菜の原価が何円あがった、電気代が何パーセントアップしたと頭を抱えているふたりが、そうやすやすと広告などに金を出すとは思えない。

「ねえ、お願い」

京香はせつなげに眉根を寄せて、祐作の顔をのぞきこんできた。

「わたしたち夫婦を助けると思って、ひと肌脱いで」

「いや、まあ、いちおう聞くだけ聞いてみますけど……」

祐作は苦々しく顔を歪めた。

「無理じゃないですかねえ。うちの店、口コミだけでもう充分お客さんいますから、わざわざ新聞に折り込み広告なんて出さないと思いますよ」

「出せばもっとお客さん来るわよ。売り上げだって倍増よ」

「お客が増えたって、デリバリ・ドライバーは僕しかいないから、さばききれませんって」

「あのねえ……」

京香は急にねっとりした声音《こわね》になり、祐作にぴったりと身を寄せてきた。

「忙しくなったら、ドライバーを増やせばいいでしょう？　売り上げ倍増すれば店長さんも喜ぶし、広告の仕事がとれればわたしも助かる。これはみんなが幸せになることなのよ」

「いやあ……」

祐作は苦笑し、思わず皮肉を口にしてしまった。

「僕はべつに幸せになりませんけど。ドライバーが増えるまで仕事が倍増するだけで……」

「そんなことないでしょ」

京香が太腿の上に手を置いたので、

（えええっ……）

祐作の顔はひきつった。

しかし京香は気にする素振りも見せず、すりっ、すりっ、といやらしい手つきでジーパンに包まれた太腿を撫でさすりつつ、内腿のほうにすべらせてくる。

「店長さんに話をしてくれるなら、わたしが特別なお礼をするつもりよ」

「な、なんですか……」

祐作は後退《あとずさ》ろうとしたが、狭いラブソファなので不可能だった。

「ねえ？　どうしてわざわざあなたを家に呼んだのかわかってる？」

京香がさらにしつこく太腿を撫で、唇を耳元に近づけてくる。

「……いいえ」

「もう、鈍いわね。先払いでたっぷりお礼をするためじゃないの」

「むむむっ！」

京香の手指が股間をまさぐってきたので、祐作は唸った。まさかの展開だった。たとえお金に困っているにしろ、京香は夫との生活に満足しているだろうと思っていた。お菓子の家に似たマイホームで、女の幸せを謳歌《おうか》しているように見えた。彼女のようなタイプの人妻が、これほど露骨に誘惑してくるなんて……。

「や、やめてください。ご、ご主人が帰ってきたら……」

震える声で言うと、

「夫は毎日終電まで残業。残業代が出るわけじゃないのに、クビになったら大変だって毎晩頑張ってくれてるの。わたしとこの家を守るために……だからわたしだって……」

京香は祐作の耳元で切々と訴えてきた。夫の苦労に報いるためにも、なんとかして仕事をとりたいという決意が伝わってくる。

（まいったな……）

京香の手指に揉みしだかれ、股間のイチモツはむくむく大きくなっていった。うなじを出したアップの髪と、濃紺のスーツ姿が、たまらなく興奮を誘ってくる。

だが、安請け合いは絶対に禁物だった。抱かせてもらっておいて約束を守れなかったら、大変なことになるからだ。怒った京香が、自分を抱いたことを菊川や梨乃にしゃべってしまうかもしれない。

「ねえ、お願い……お願いよ、祐作くん……」

京香はささやきながら、さらに大胆な行動に出た。祐作のベルトをはずし、ジーパンのファスナーをさげて、勃起しきったイチモツを取りだしてしまったのだ。

「ああん、大きい」

京香は媚《こ》びるような甘い声をもらすと、すかさず肉竿を握りしめた。硬さと太さを確か

めるように、にぎにぎといやらしく手指を動かし、

「ねえ、すごい硬いじゃない？　ちょっと触っただけでこんなになっちゃうなんて、ずいぶん溜まってるんじゃない？」

眼もとを生々しいピンク色に染めてささやいた。

「まずいですよ、奥さん……こんなこと……」

祐作は首にくっきりと筋を浮かべ、震える声を絞った。それでも、抵抗はできない。京香の手つきがいやらしすぎて、勃起しきったペニスを握られる愉悦から、逃れることができない。

「ほーら、ほーら。どんどん硬くなっていく……」

京香は肉竿をいやらしい手つきでしごきつつ、潤んだ瞳でペニスと祐作の顔を交互に見る。

「実はわたしもね、最近夫が残業ばっかりで欲求不満なの。だからしちゃわない？　広告の話はとりあえず横に置いておいて……」

しごかれたペニスの先端から熱い我慢汁がジワッと噴きこぼれ、それが皮のなかに流れこんでニチャニチャと卑猥な音がたつ。

（嘘だ……広告の話を横に置くなんて絶対に嘘だ……）

とりあえず既成事実をつくってしまい、祐作を言いなりにさせようという魂胆は丸見えだった。しかし、わかっていても、もはやどうにもなりそうにない。

「むむむっ！」

祐作の背筋がソファの上で伸びあがった。顔は茹《ゆ》でたように真っ赤だった。京香が唇をOの字にひろげ、野太く勃起したペニスを咥えこんできたからである。

「うんっ……うんぐぐっ……」

ふっくらした赤い唇が、血管の浮きあがる肉竿の上をすべる。甘い匂いのする唾液が、ペニスにぬらぬらした光沢を与えていく。

3

（ああっ、なんてエロい顔して舐めるんだよ……）

祐作は、勃起しきったおのが男根をしゃぶっている京香の顔をむさぼり眺めた。口のなかに大量の唾液を溜め、その唾液ごとペニスを、じゅるっ、じゅるるっ、と吸いたててくる。

京香はエプロンがよく似合う、清楚《せいそ》な隣妻のはずだった。しかし、きりりとしたタイトスーツに身を包んでいるいまは、仕事のためならどんなことをも厭《いと》わないしたたかな女性である。

「やめて……やめてください、奥さん……」

祐作は情けなく声を震わせ、身をくねらせた。憧《あこが》れの隣妻である京香のフェラチオはたまらなく心地よく、できることならこのまま射精するまでしゃぶってもらいたかった。しかし、そうなれば彼女の希望も引き受けなくてはならない。〈やさしいごはん〉の広告を京香の会社に頼んでくれるよう、菊川を説得しなければならないのだ。

「お願いです……お願いですから、もうやめて……」

京香の頭をつかんで、強引にペニスを口唇から引き抜いた。スポンッ、とワインの栓を抜くような音とともにペニスが京香の口から抜けると、涙が出るほどのやるせなさが押し寄せてきた。フェラチオを途中で中断するなど、男にとっては生き地獄である。

「……やめて、どうするの？」

京香は唾液で濡れた唇で、ねっとりとささやいた。

「いや、だから……僕、広告を取れるなんて約束できませんから、こんなことは……」

それに、ここは京香と夫のスイートホームである。毎日ふたりがくつろいでいるはずのソファの上で誘惑してくるとは、いくら仕事のためとはいえ呆《あき》れるほど大胆な人妻だ。

「そんなこと言ったって、もう遅いわ……」

京香は淫靡《いんび》な笑みを浮かべると、ジャケットのボタンをはずしはじめた。紺色のジャケットの下は白いブラウスで、そのボタンまではずしていく。匂いたつ黒いレースのブラジャーが、ブラウスの割れ目から姿を現わす。

「あああっ……やめてください……ぬ、脱がないで……」

祐作の悲痛な訴えをあざ笑うように、京香はブラジャーのカップを左右に離した。フロントホックのブラジャーだったのだ。

(う、うわあっ……)

祐作は眼を見開いて息を呑んだ。

サイズはそれほどでもないが、丸々とよく熟れた乳房だった。赤みの強いあずき色の乳首はすでに硬く尖って、ツンと上を向いている。そしてなにより、働くお姉さんの制服とも言える紺のスーツから白いふくらみがまろび出ている様がたまらなくミスマッチで、悩殺的なエロスを振りまいている。

「祐作くん、まだ若いから、そんなに経験ないでしょ?」

京香は急に頬を赤く染めると、恥ずかしそうな上目遣いでささやいた。

「人妻と寝たこと、あるかな? 女は若いほうがいいなんていうのは嘘よ。女が最高なのは三十路《みそじ》を過ぎてから。果物だって、腐る前がいちばん甘くておいしいものね。あれと同じ……」

ささやきながら祐作の手を取り、みずからの胸に導いていく。

「むむっ……」

祐作は驚愕《きょうがく》に唸ってしまった。

形よく実っているのに、京香の乳房は蕩《とろ》けるように柔らかかった。思わず手指を動かすと、柔らかいだけではなくもっちりと手のひらに吸いついてきて、気が遠くなりそうなほどいやらしい揉み心地がした。

「ふふっ、やっぱり我慢できないんでしょ？」

鼻息も荒く乳房を揉みしだく祐作を見て、京香は勝ち誇ったような笑みを浮かべた。

（ダメだっ……こんなことしちゃ、ダメなんだっ……菊川先輩に合わせる顔がなくなっちゃうよおおおっ……）

胸底で泣き叫びつつも、心と体は正反対の動きを見せる。揉めば揉むほどもちもちしていく揉み心地に誘われて、気がつけば両手を使ってふくらみの感触を味わっていた。

「ああんっ、いいわっ……祐作くん、気持ちいいっ……」

京香は鼻にかかった甘い声を出し、挑発的に身をよじる。

「ねえ、吸って……先っぽを吸って……」

「失礼します」

祐作の唇は、吸い寄せられるようにあずき色の乳首にしゃぶりついていく。乳肉はどこまでも柔らかいのに、乳首はコリッと硬かった。男の口内で、いやらしいほど存在を主張してきた。

「むうっ……むううっ……」

祐作は先ほどのお返しとばかりに左右の乳首を交互に吸いしゃぶり、どちらにも唾液の光沢をまとわせていく。ねとねとに濡れ光らせてしまう。

（たまらない……たまらないよ……）

祐作はもう、京香の仕掛けた罠《わな》から抜けだせなくなっていた。思考回路は音をたてて崩壊していくばかりだった。あれほど無理だと思われた広告の話さえ、菊川先輩に死ぬ気で頭をさげれば、なんとかなるかもしれないと思えてくる。

（むううっ……おっぱいもたまらないけど、太腿も……）

京香がしきりに身をよじるので、紺色のタイトスカートがずりあがって、いまにもパンティまで見えてしまいそうだった。

祐作は乳首をねぶりつつ右手を太腿に伸ばしていった。ざらりとしたストッキングの手触りが妖しく、それに包まれた腿肉も乳房に負けず劣らず柔らかい。

「うんんっ……せっかちね。おっぱいはもういいの？」

京香は悪戯っぽく唇を尖らせながら、けれども祐作の右手を導くように両腿をじわじわひろげていった。祐作が内腿をまさぐりだすと、さらに大胆に両脚をM字に開いてソファの上に踵《かかと》を乗せた。

（うおおおおおーっ！）

祐作は胸底で絶叫した。

濃紺のタイトスカートのなかから、太腿はおろか、股間にぴっちりと食いこんだ黒いパンティまでが丸出しになった。パンティストッキングのセンターシームも悩ましく、これ以上なく扇情的なポーズで二十歳《はたち》の若牡を挑発してきた。

4

「ふふっ、触ってもいいのよ」

京香の濡れた視線が祐作の顔をとらえ、ゆっくりとみずからの股間に移動していく。

二枚の薄布に包まれたヴィーナスの丘が、やけにこんもりと盛りあがり、男の愛撫を誘っている。

（たまらない眺めだよ、これは……）

髪をアップにまとめ、きちんとしたスーツ姿であるからこそ、乱れた様子は途轍《とてつ》もなく卑猥だった。まさしく美は乱調にあり、いや、エロは乱調にありである。

指先を伸ばした。

パンストのセンターシームに沿って、ツツーッ、ツツーッ、とヴィーナスの丘を撫であげていく。見た目よりもなお小高く、ぷっくりしている。この部分が盛りあがっている女ほど淫乱度が高い、という話を雑誌かなにかで読んだことがあった。もしそれが真実ならば、京香はいままで抱いた人妻の誰よりも激しくよがり泣くことだろう。

「ああんっ、エッチな触り方！」

京香が腰をよじって、体をくねらせる。

祐作はヴィーナスの丘をしつこく撫であげてから、京香の足元にしゃがみこんだ。M字に開かれた京香の脚に、頬ずりをした。

まずはふくらはぎから次第に内腿の方へ、頬に感じるナイロンのざらつきにうっとりしながら、鼻面をM字開脚の中心へ……。

「ああんっ！」

敏感な部分に刺激を受けた京香は、ソファの上でのけぞった。生々しいピンク色に上気した頬が、ひくひくと痙攣《けいれん》している。

(声をあげたいのは、こっちのほうだよ……)

祐作は鼻腔に感じる発情の匂いに圧倒されていた。

まだパンティもパンストも穿《は》いているにもかかわらず、京香の股間からは発酵しすぎたチーズのような匂いが、湿った熱気とともにむんむんと漂ってきた。夫が毎晩残業で欲求不満だと言っていたのは、あながち嘘ではないのかもしれない。

「やらしいよ、祐作くん」

京香が唇を尖らせる。

「そんなにくんくん鼻を鳴らして匂いを嗅がないで」

「だっていい匂いですもん。すごいエッチな匂いです」

「やだ、もうっ!」

京香が両脚を閉じて、祐作の顔を太腿でぎゅうと挟んだ。

「むぐっ……」

一瞬、呼吸ができなくなったけれど、ナイロンに包まれた蕩けるような太腿に顔を締めつけられる快感は、この世のものとは思えないほど心地よかった。

「むうっ……むううっ……」

祐作は舌を伸ばして動かした。二枚の薄布越しに、女の体のいちばん柔らかい肉をくなくなと刺激してやる。

「ああっ……はぁあああっ……」

京香が淫らな声をもらして身をよじる。祐作の顔を蕩ける太腿でぎゅうぎゅうと締めあげ、股間を口と鼻に押しつけてくる。

いっそこのまま失神させてほしいと思いながら、祐作は穴の上に唇を押しつけて熱い吐息を吹きかけた。舌に力をこめ、パンストもパンティも突き破る勢いで、女の割れ目をぐりぐりとえぐった。

「はぁああんっ！　熱いっ……熱いわっ……」

やがて京香は両腿から力を抜き、タイトスカートのホックをはずした。ファスナーもさげてウエストをゆるませ、欲情に燃え盛る視線を祐作に浴びせた。

「もう脱がせて……このままじゃ、あそこが蒸れちゃう……」

「は、はい……」

祐作はうなずいたが、タイトスカートを脱がせる気はなかった。スカートの奥まで両手を突っこみ、パンストとパンティだけを力まかせにずりさげて、牝の匂いを漂わせている部分を剝《む》きだしにした。

「い、いやあんっ！」

強引かつ順序を違《たが》えた脱がし方に京香が悲鳴をあげたけれど、かまっていられなかった。黒いレースのパンティとパンストを膝までおろした姿はどこまでも中途半端で、その中途半端さがたまらなくいやらしい。

祐作は京香の両脚をぴたりと揃えて高く掲げた。体全体をソファの上でL字型に折り曲げ、女の花を露わにした。

（うわあっ……）

普通は両脚を開いた状態で眺める女の花だが、両脚を閉じた状態で見ると趣がまるで違った。花というより饅頭《まんじゆう》で、まわりに繊毛を従えたアーモンドピンクのふくらみに悩殺されてしまう。

しかも、すさまじい濡れ方だった。左右の花びらはまだぴったりと合わさっているのに、その隙間《すきま》からあふれた粘液で饅頭全体がテラテラと妖しい光沢を放っている。

まったく、と祐作は胸底でつぶやいた。女陰が有するアーモンドピンク色は、濡れるとどうしてこれほど淫靡な色艶を放つのだろう。

指を伸ばした。

肉饅頭の真ん中を走る縦筋を、人差し指と中指でぐいっとひろげると、つやつやと輝く薄桃色の粘膜が姿を見せ、幾重《いくえ》にも層になった肉ひだの奥から、タラーリと発情のエキスがあふれてきた。

「すごい濡れてますよ、奥さん……」

祐作が興奮に声を震わせると、

「言わないでっ……」

京香はせつなげに眉根を寄せた。

「だって、ほら、こんなに……」

祐作は割れ目をひろげていた二本の指で、京香の急所をいじりまわした。花びらの合わせ目をなぞり、クリトリスを包皮の上から押し潰《つぶ》し、それから、ずぶりっと穴に沈めこんでいく。

「あぁううううーっ！」

京香が悲鳴をあげてちぎれんばかりに首を振る。

（すげえな……奥の奥までぐしょぐしょじゃないか……）

愛液に濡れまみれた京香の穴は、二本指をやすやすと受けいれた。とはいえ、締まりが緩いということはない。二本指を中でうごめかせると、肉洞がうねって指を締めつけ、肉ひだという肉ひだが指に吸いついてくる。

（こりゃあ、合体したら気持ちよさそうだ……）

穴のなかで指をうごめかすほどに、指そのものが気持ちよくなっていく。まるで指がペニスになってしまったような、こんな感覚は生まれて初めての経験だった。ぬめり具合と吸いつき具合のハーモニーが絶妙なのだ。そのうえ刺激に呼応して、肉洞が蛇腹のようにうねる。うねりながら指をしたたかに食い締めてくる。

「あああっ……いやいやいやっ……そ、そこはダメッ……」

穴の上壁のざらざらしたところを指腹でこすりたてると、京香は焦った声をあげた。だが、やめてほしいのダメではない。ダメになるほど気持ちがいいらしい。

（これならどうだ……）

祐作が二本指を鉤《かぎ》状に折り曲げてピストン運動を開始すると、

「はぁ、はぁうううーっ！」

京香はあられもない喜悦の悲鳴をあげてのけぞった。女の割れ目から発情のエキスをピュッピュとあたりに飛び散らせ、スーツをはだけた体から生々しい牝の匂いをリビング中に振り撒《ま》いた。

5

「すごいっ！　すごいですよ、奥さんっ！　すごい潮噴きですっ！」

「いやいやいやっ……言わないでえええーっ！」

京香はソファの上で悶絶し、両手を振りまわした。指責めがよほどツボに嵌《はま》ったらしく、痛いくらいにバシバシと叩いてくる。

「……あふっ」

割れ目から指を抜くと、京香の体はぐったりと弛緩《しかん》した。

「ふふっ、あんまり暴れないでくださいよ」

祐作が叩かれた腕をさすりながら苦笑すると、

「……ごめんなさい」

京香はハアハアと息を乱しながら、上目遣いでつぶやいた。

「あんまり気持ちよかったから、つい……」

「そんなによかったですか？」

祐作が発情のエキスでびしょ濡れになった右手の匂いを嗅ぎつつ言うと、

「いやあんっ、恥ずかしいことしないで」

京香は拗《す》ねたように体を丸めた。その両膝にからまっているパンティとパンストを、祐作は爪先から抜いていく。紺色のスーツと白いブラウスは興奮を煽《あお》る小道具なのでそのままにしておいたが、二枚の下着は脱がさないと脚を開くことができない。

（んっ？　これ使えないかな？）

ダラリと帯状になったパンストを手に、ふと閃《ひらめ》いた。

「ねえ、奥さん。暴れられないように、これで両手を縛っちゃってもいいですか？」

「えっ……」

一瞬、美貌が凍りつく。

「祐作くん、そういう趣味があったの？　ＳＭとか……」

「まさか」

祐作は苦笑して首を振った。

「単なる思いつきですよ。奥さんにじっとしていてもらったほうが愛撫に集中できるし、パンストってなんだか縛りやすそうだし」

その言葉に嘘はなかったけれど、突然の思いつきが妖しい興奮を誘ってきたのも、また事実だった。美しい人妻から体の自由を奪い、ＳＭっぽい責めで泣きじゃくるくらいによがらせているところを想像すると、いても立ってもいられなくなってしまった。

「祐作くんがやりたいなら、べつにいいけど……」

京香は渋々うなずいた。とにもかくにも一刻も早く愛撫を再開してほしいと、生々しく上気した顔に書いてある。

「じゃあ、痛かったら言ってくださいね」

祐作はパンストを使って京香の両手を後ろ手に縛った。ただそれだけで、ぞくぞくしてしまった。サディスティックな趣味などもちあわせていなかったはずなのに、タイトスーツから乳房と下肢をまろび出させ、後ろ手に縛られた人妻の姿はいやらしすぎた。

「ああんっ、なんだか怖いわ」

「奥さんも、こういうことしたことないんですか？」

「あるわけないじゃない」

恥辱に頬をひきつらせる京香の体を起こし、前を向かせた。ソファにもたれかかった状態で、両脚をゆっくりとM字に開いていく。

「あああっ……」

あられもない出産ポーズをとらされ、京香があえぐ。先ほどまでは両脚を揃えて指責めをしていたが、M字開脚になると、恥毛からアナルまで女の恥部という恥部が丸出しである。

（うわあっ、すげえ……）

祐作は息を呑んだ。

世にSMマニアが絶えない理由が少しだけわかった気がした。これからなにをされるのかという不安で、京香はいまにも泣きだしそうな顔をしている。その不安にひきつった顔を見ていると、十も年上の人妻を支配しているような感覚がこみあげてきて、たまらなく欲情を揺さぶられてしまう。

「いやっ、そんなに見ないで」

京香が羞じらいに顔をそむけ、唇を尖らせた。

「祐作くんって純情そうに見えて、ものすごくエッチだったのね」

「ふふっ、恥ずかしいですか？」

祐作は、閉じようとする京香の脚を逆にぐいっと割りひろげた。

「き、決まってるでしょう！」

「でも、奥さんから誘ってきたんですよ。ご主人が残業ばっかりで、欲求不満だって……」

「あううっ！」

割れ目を両手でひろげ、薄桃色の粘膜を露わにしてやると、京香はせつなげに眉根を寄せてのけぞった。

「ここが欲求不満なんですか？　このピンク色のところが？」

限界まで割れ目を左右にひろげていくと、薄桃色の粘膜が息づくように蠢動《しゅんどう》しているのが見えた。祐作はさらに、クリトリスのカヴァーを剝いた。こちらも欲情の激しさを示すように、鋭く尖ってぷるぷると身震いしている。

「ああっ、やめてっ！　ひろげないでっ！　剝かないでっ！」

京香は両手を縛られた不自由な体でいやいやをした。まるで縛られていることを確認するかのような動きで、確認することによって興奮しているようでもある。

（奥さん、ちょっとMっぽいところがあるのかな？）

祐作は内心でつぶやきつつ、女の割れ目から手を離した。マゾっ気があるなら、少し焦《じ》らしてやるのも面白いかもしれない。

両手の爪を立てた。内腿の敏感な肌を、触るか触らないかぎりぎりのフェザータッチでくすぐるように撫でさすってやると、

「んんっ……あああっ……」

京香は朱色に染まった首にくっきりと筋を浮かべて、痛切に身悶えた。

祐作は十指を羽根のように躍らせた。

肝心なところにはなかなか触れず、トロ火で炙《あぶ》るように熟れた女体を追いつめていく。

むっちりした白い太腿をくすぐるように撫でさすりながら、祐作は恍惚《こうこつ》にも似た興奮を覚えていた。

6

「ああっ、祐作くんっ！　いったいいつまで焦らせば気がすむの」

京香が身をよじりながら、切羽つまった声をあげた。

「そうですねえ。奥さんが我慢できなくなるまでかな」

「意地悪なこと言わないでっ！　わたし、もうとっくに我慢できなくなってるわ……」

たしかにそうかもしれない。

M字に開いた京香の両脚の中心はしとどに濡れまみれ、薔薇《ばら》のつぼみにも似た薄桃色の肉ひだに、練乳状の本気汁まで滲《にじ》ませている。

もどかしい焦らしの愛撫を始めてから、すでに十分以上が経っていた。太腿や恥毛、それに女陰のまわりの色のくすんだ部分をフェザータッチで刺激しながら、時折り割れ目をすうっとなぞる。

そんな愛撫を続けるほどに、京香の性感がぐんぐん高まっていくのが手に取るようにわかった。恥毛を吐息で揺らしただけでのけぞり、花びらに触れると叫び声をあげる。本来は清楚な美貌を真っ赤に茹であげ、熱にうなされているかのようにふうふうと息をする様はたとえようもなくエロティックで、もっと追いつめてやりたくなる。

(俺ってけっこう、サディストの才能があるのかもな……)

ほんの思いつきでやってみた後ろ手縛りが、祐作をいままでにない境地にいざない、性格までも豹変《ひょうへん》させていった。

「ねえ、お願いよ、祐作くん……もうちょうだい……あなたの大きいものをちょうだい」

そんなふうにおねだりされれば、いつもなら悦んで挿入の準備を整えるところなのに、ぐっと我慢してねちっこい愛撫を繰りかえす。クリトリスのカヴァーを剝いては被せ、被せては剝く。官能のスイッチボタンにはけっして触れないようにして、意地悪くまわりだけをくるくるなぞる。

「ああぁっ、助けて……わたし、もうイッちゃいそうなのよ……入れられただけでイキそうなのよ……たまらないのよ……」

京香は涙声で哀願し、M字に開いた太腿をぶるぶると震わせる。

「ふふっ、そんなに僕のチ×ポが欲しいんですか？」

「欲しいわ……」

京香は淫らに潤んだ両眼をまぶしげに細めた。

「欲しくて欲しくて、たまらないわ……」

祐作はククッと喉を鳴らして笑い、京香の顔をまじまじとのぞきこんだ。

「それじゃあ、チ×ポと広告、どっちが欲しいですか？」

咄嗟《とっさ》に口をついた言葉だが、我ながらいい思いつきだった。

「えっ？　どういうこと……」

「だから広告の件を店長に話さなくていいなら、いますぐチ×ポを入れてあげます」

「そんな……」

欲情に蕩けていた美貌が、ぐにゃりと歪んだ。

「ひどいわ、祐作くん。わたしは広告の仕事をお願いするために、夫がありながらこうして体を与えてあげてるのに……」

「ようやく本音を言いましたね」

「あぁううっ！」

蟻《あり》の門渡《とわた》りをこちょこちょとくすぐってやると、京香は悲鳴をあげて身をよじった。

「やっぱり、欲求不満なんて口実だったんですね……でもね、奥さん。奥さんのほうがずっと楽しんでるじゃないですか？　乱れまくってるじゃないですか？　ほーら、ほーら。いいんですよ、僕はどっちでも。広告でも、チ×ポでも」

指を躍らせ、割れ目をいじる。浅瀬で指をぬぷぬぷと出し入れしては、花びらをつまみあげて指の間でこすりたてる。

「くぅううっ……も、もう許して……お願い……中出ししてもいいから……」

「そんなんじゃダメですって。広告ですか、チ×ポですか？」

「あああっ……」

祐作が女の割れ目から指を離して立ちあがると、京香は心底やるせなさそうに、両眉を八の字に垂らした。

「早く決めないと、僕、自分で出しちゃいますからね」

そそり勃つペニスを握って二、三度しごくと、あふれた我慢汁がツツーッと糸を引いてフローリングの床に垂れた。

「ううぅっ……」

京香が唇をキュッと噛みしめ、恨みがましい眼で睨んでくる。いまにも陥落寸前の人妻の表情はぞくぞくするほど悩ましく、見ているだけで痺《しび》れるような興奮を運んできた。

（へへっ、こっちが二十歳の若造だと思って、簡単に色仕掛けが成功すると思ってたんだろうけど……）

いまや形勢はすっかり大逆転だった。このままいけば、広告の件を菊川先輩に頼むこともなく、熟れた女体だけを思う存分味わうことができそうである。

ところが、そのとき——。

「……あっ」

京香が声をあげて、両手を前に出した。

「とれちゃった……みたい」

水を打ったような静寂がリビングに訪れ、祐作と京香は息を呑んで見つめあった。

やがて京香が、ニヤリと笑った。清楚な人妻の笑顔でも、働くお姉さんの営業スマイルでもない、悪魔のような微笑だった。

「……よくも、意地悪してくれたじゃない」

のそりとソファから立ちあがり、全身を欲望にたぎらせて迫ってくる京香に、祐作はたじろいだ。

「ちょ、ちょっと待ってください、奥さん……」

「なにが待ってくださいよ」

「あああっ……」

祐作はあっという間にフローリングの床に押し倒され、その上に京香はまたがってきた。

「なによ。自分だってこんなにビンビンにおっ勃ててるくせに、やせ我慢しちゃって……」

硬く隆起したペニスを握りしめ、みずからの両脚の間に導いてく。呆れるほど濡れまみれた蜜壺に、一気呵成《いっきかせい》に呑みこんでいく。

「ああああっ！」

「くぅううっ！」

男根が根元まで女の割れ目に沈みこむと、お互いに声をあげてのけぞった。結合の衝撃が鮮烈すぎて、ふたり揃って五体をぶるぶると痙攣させる。

（熱いっ！　なんて熱いオマ×コだ……）

結合しただけで、祐作の興奮はレッドゾーンを振りきった。

焦らしに焦らした京香の蜜壺は煮えたぎり、そのうえ、肉ひだという肉ひだの一枚一枚が意志をもつ生き物のようにうごめいていた。うごめきながら吸着してきた。勃起しきった男根を、舐めまわすようにからみついてきた。

（すごいっ……焦らし効果なのか、元々名器なのか……）

とにかく、たまらないハメ心地だった。

京香が「やせ我慢」と言ったのは当たっていた。祐作にしても興奮の限界をとっくに超え、一刻も早く結合したくて仕方がなかったのだ。

「ああんっ、いいいっ！」

京香が美貌を蕩けさせて、腰を使いはじめる。クイッ、クイッ、と股間をしゃくるようないやらしい動きで、恍惚への階段を駆けあがっていく。

「はああっ……はあああっ……」

「むううっ……むうううっ……」

先ほどまで責めて責められていた関係だったのに、気がつけばふたりは、呼吸を合わせて夢中で律動を送りあっていた。

「あうううっ、いいわっ……わたし、すぐイッちゃいそう」

「ぼ、僕もです」

「中で出していいからね」

「ああっ、お願いします」

「そのかわり……」

京香は一瞬真顔に戻ると、ぐいぐいと腰を使いながら祐作の双頰を両手で挟んだ。

「広告の件、しっかり頼むわよ」

「……わかりました」

祐作はうなずいた。うなずくしかなかった。京香の腰振りは涙が出るほど心地よく、ぬめぬめした肉ひだの感触は眼も眩《くら》むほどで、もし意地悪をされて途中でやめられたりしたら、気が変になってしまうと思った。

第五章　求めてほしいの

1

「おい、祐作っ！　クルマのぶんは俺が運ぶから、おまえはチャリンコで近いとこまわってくれ」

「わかりましたっ！」

祐作は選《よ》り分けた惣菜の包みを持って、店の外に飛びだした。

最近の〈やさしいごはん〉は、昼夕のラッシュ時になれば、祐作ひとりではとてもさばききれないほど注文が殺到している。

新聞の折り込み広告を出してからひと月あまり、ずっとこの調子だった。

憧《あこが》れの隣妻・京香の色仕掛けに陥落した祐作は、店長の菊川に広告を出してもらえるよう説得する義務を背負わされた。祐作が恐るおそる切りだすと、意外にも菊川は身を乗りだしてきた。妻の梨乃は「広告なんて無駄じゃない？」と反対したけれど、菊川は「一度試してみるのも面白いよ」と譲らなかった。

反響は菊川や京香の予想をはるかに超え、売上げは倍増した。おかげで他のチェーン店から応援スタッフを呼ばなければならなかったが、土地勘のない人間にデリバリはまかせられないので、厨房《ちゅうぼう》の仕事をしていた菊川が昔取った杵柄《きねづか》でデリバリにまわってくることになったのである。

（なんだか先輩、最近いきいきしてるよな……）

デリバリ・ドライバーに復活してしばらくは、店から出たり入ったりの仕事をかったるそうにこなしていた菊川だったが、なぜか最近、声にも表情にも妙に張りがある。

菊川に早く厨房に戻ってきてほしい梨乃は、何度もドライバーを求人雑誌で募集しようとしたが菊川はそのたびにはぐらかし、「俺ってやっぱ、外を飛びまわってるほうが性《しょう》に合ってるのかなあ」などと言っているほどだった。

（まさか、久々にデリバリの役得にあずかったんじゃないだろうな……）

かなりあやしかった。

昼夕の注文ラッシュ時はふたりがかりでもてんてこ舞いの忙しさになってしまったけれ

ど、なかにはわざと混雑時を避けて注文してくる客もいた。そんなことができるのはもちろん暇をもてあました専業主婦であり、役得の芳《こう》ばしい香りがした。そして菊川は、どういうわけかラッシュ時でなくとも積極的にデリバリに出ている。「いいよ、祐作。俺にまかせとけ」と。

あやしいとしか言いようがなかった。

専業主婦は暇だけでなく欲求不満もたっぷりもてあましており、こちらがたじろぐほど大胆に誘惑してくる。

とはいえ。

独身の祐作が据え膳《ぜん》をいただいてしまっても問題ないだろうけれど、菊川には梨乃という奥さんがいるのだ。しかも梨乃は〈やさしいごはん〉の本社社長の娘であり、おかげで菊川は二十二歳の若さにして一店舗の店長に収まることができたのである。欲求不満の人妻と、淫らな遊びにうつつを抜かしていていいはずがない。

(先輩、昔からモテたからなあ……トラブルになるようなことがなければいいけど……)

だが、悪い予感に限って的中するのが世の習いというものである。

ある日の夜、祐作が最後のデリバリを終えて店に戻ると、がらんとした厨房で梨乃がひとり、調理台にもたれていた。

厨房は綺麗に掃除され、中央に置かれたステンレスの調理台はぴかぴかに磨きあげられていたけれど、梨乃の表情は曇っていた。放心状態と言ってもいいかもしれない。

「どうかしましたか?」

祐作が声をかけると、

「えっ……べつになんでもない」

梨乃はハッとして笑顔をつくったが、ひきつった頬が痛々しかった。

「先輩は?」

「先にあがった」

「はあ……そうですか」

祐作は気まずげにうなずいた。

梨乃の手料理で夕食をとるのが夫婦の日課であることは、ふたりから何度も聞かされている。夫の菊川が先にあがったのに梨乃がこんなところでぼんやりしているということは、菊川はどこかに遊びに出かけてしまったということだ。

「……ねえ、祐作くん」

梨乃がつぶやく。

「あの人、最近ちょっと変だと思わない?」

「えっ？　そうですか……」

祐作は苦笑して誤魔化した。梨乃もやはり、先輩の異変に気づいていたらしい。

「そうよ。なんだか妙にうきうきしちゃって」

「デリバリの仕事、張りきってやってくれてるから、僕は助かってますけどね」

「そのデリバリでなにかあったんじゃないかしら？　お客さんの悪口を言うわけじゃないけど、料理をしないでいいくらい裕福な専業主婦って、やっぱり暇をもてあましてるっていうか……」

「まさか、梨乃さん……」

祐作はハハッと大仰《おおぎょう》に笑った。

「先輩が浮気してるんじゃないかって疑ってるんですか？」

こちらから「浮気」の二文字を口にするのはかなり危険な賭《か》けだったけれど、この際きっぱりと否定しておいたほうがいいだろう。菊川が浮気している可能性はかなり高いが、ふたりが仲違《なかたが》いして店が潰《つぶ》れてしまったりしたら困るのである。

「うーん、なんかね……」

梨乃は自嘲《じちょう》的に笑い、

「心配しすぎかもしれないけど、あの人、年上の女にモテるタイプだから……」

自嘲気味に笑ったのは、もちろん自分も年上の女だからだ。二十二歳の菊川に対し、七つも年上の二十九歳。しかも梨乃のほうが菊川にぞっこんで、自分からプロポーズしたくらい積極的だったと聞いている。

「浮気はないと思いますよ。梨乃さんみたいな綺麗でできた奥さんがいたら、僕なら絶対浮気なんかしませんから」

お世辞ではなく、梨乃は本当に美人だった。すっきりした純和風の細面。切れ長の眼は涼やかで、肌の白さと長い黒髪がベストマッチだ。おまけにお嬢さま育ちなのにしっかり者。年下の夫を守《も》り立てるために率先して厨房で働いている。

「やっぱり思いすごしかなあ」

梨乃は自分に言いきかせるように言うと、腰のエプロンをはずした。すらりと背が高いから、白いコックコートと黒いストレッチパンツがよく似合う。京香とはまた違った意味で、働くお姉さんとしての色香がしっかりとある。

「そうだと思いますよ。思いすごしですって」

祐作がきっぱりと答えると、

「うん、きっとそうだね。つまんない話してごめん。今夜あの人遅いみたいだから、ビールでも飲みにいこうか？」

梨乃にようやくいつもの笑顔が戻ったそのとき――。

事務所の電話が鳴った。

「先に着替えて待ってて」

梨乃は軽やかに言い残し、電話を取りに事務所に向かって駆けだした。

2

「どうしたんですか、梨乃さん……」

事務所から戻ってきた梨乃の顔は蒼白《そうはく》で、瞳いっぱいに涙を浮かべていた。瞬きをすると、蒼《あお》ざめた頬に大粒の涙がボロボロとこぼれた。

「わたし、もうやだ……」

梨乃は涙を拭いもせず、祐作の胸に飛びこんできた。

「ちょ、ちょっと……落ち着いてくださいよ」

「落ち着けるわけないわよ……」

梨乃が涙声をあげ、祐作の胸に顔をこすりつける。

「やっぱりあの人……絶対、浮気してる……」

梨乃が事務所で電話していたのは一分にも満たない。それほど短い時間で、いったいどんな会話が交わされたのか。

「電話、誰だったんです?」

祐作が訊ねると、

「……女」

梨乃は憎々しげにつぶやいた。

「年はそうね……わたしと同じくらい」

「なんですって?」

「開口一番、『あのう、健之くんいますか?』だって」

言った梨乃も聞かされた祐作も、同時に顔がひきつった。健之はもちろん、菊川のファーストネームである。

「親戚《しんせき》の人とか、昔からの知りあいじゃないんですかね……」

自分でも苦しいフォローだと思いつつ、祐作は言ったが、

「『いつもそちらのお店を利用してる者ですけど』だって。いやらしい猫撫で声で」

梨乃は即座に否定した。

「常連のお客さんには名前で呼ばせてるんですよ、きっと。先輩って、そういうノリのい

いところあるじゃないですか」

「ううん、あれは絶対浮気相手。女の勘でわかるもの」

梨乃が祐作の胸に体重をあずけ、いやいやをする。

「お、落ち着いてくださいよ」

祐作の鼓動は激しく乱れた。梨乃は細身に見えて出るところはしっかり出ていた。見た目がスレンダーなだけに、意外なほど量感のある乳房や尻に興奮をそそられてしまう。

しかしいまは、そんなことを言っている場合ではない。

「梨乃さんらしくないですよ、電話一本で決めつけるなんて……」

「……あのね」

梨乃は顔をあげ、赤い唇を小刻みに震わせた。

「さっきは言わなかったけど、浮気の状況証拠は他にもあるの」

「状況証拠？」

「そうよ……」

梨乃は意を決するように大きく息を呑んだ。

「わたしたち最近、セックスの回数が激減してるんだから」

「えええっ……」

露骨な言葉に祐作は赤面して二の句が継げなくなったが、梨乃はかまわず続けた。

「結婚したてのころはこっちがうんざりするくらい毎晩何度も求めてきたくせに、ここんところ週に一回もあればいいほう」

菊川と梨乃はまだ結婚二年目だ。それで週イチというのは、たしかに少ないほうかもしれない。

「それにね、前に彼がデリバリ担当だったときからあやしかったの。帰ってくるのが妙に遅かったり、制服に香水の匂いつけてたり。そういうことがあったから、あの人には厨房の仕事を手伝ってもらうことにして、祐作くんを雇ったんだから」

「そうだったんですか……」

祐作はうなずきつつ、心のなかで菊川に酸っぱい顔を向けた。いくらなんでも、脇が甘すぎる。

「そりゃあ、彼はまだ二十二歳だし、遊びたい盛りなのかもしれないけど……そういうこと全部わかってて結婚したはずでしょう？」

梨乃の声が次第に嗚咽《おえつ》まじりになってくる。

「誤解ですよ、梨乃さん。きちんと話をすれば、間違いだったってわかりますよ」

「話？」

顔をあげた梨乃の頬は、涙の筋で濡れていた。

「わたしから、浮気してるの？　なんて聞けないわよ。姉さん女房が嫉妬《しっと》に狂ってるみたいで、みっともないもの」

「じゃあ、僕からそれとなく聞いてみますよ」

祐作は微笑《ほほえ》んだ。菊川が浮気をしていることはもはや間違いないような気がしたが、自分で聞けばいくらでも誤魔化せる。丸く収めることができる。

「だから、もう泣かないでください。梨乃さんが泣いてると、僕まで悲しくなってきますから」

心の余裕が、態度にも出てしまったらしい。普段なら考えられないことだが、気がつけば祐作は梨乃を抱きしめ、やさしく髪を撫でていた。

腰まである長い黒髪はシルキーな手触りで、体はひどく抱き心地がよかった。裸で抱きしめればきっと、さらに感動的に違いない。これほどの器量の美人妻と週に一度しか夫婦生活を営まないとは、菊川も罪な男である。

いや。

考えてみれば、祐作がこの店で働くようになってつまみ食いした人妻たちはみな美しく、体のほうも素晴らしかった。

結婚どころかステディな彼女ももったことのない祐作にはよくわからないが、男という生き物が妻には欲情しにくくなるのはなんとなく理解できる。釣った魚には餌《えさ》をやらないというやつである。

(つまり梨乃さんも、お客さんの人妻みたいに欲求不満をもてあましちゃってるってわけか……)

体の芯に、ぞくぞくっと戦慄《せんりつ》が走り抜けていった。よけいなことを考えてはいけない、と必死に自分を叱責《しっせき》する。彼女に女を感じたりしたらシャレにならないことになるのだ。なにしろ菊川は喧嘩十段のワルのなかのワル。恩を仇《あだ》で返したりしたら、半殺しではすまないかもしれない。

「祐作くんって、ずるいね」

梨乃が洟《はな》をすすりあげながら言う。

「自分が確認すれば、あの人が浮気してても誤魔化せると思ってるんでしょう?」

「そんなことないですよ」

祐作はあわてて首を横に振ったが、

「祐作くんにあの人から真実を聞きだせるわけないじゃない」

梨乃はきっぱりと言いきった。

「そんなことありませんよ。そりゃあ昔は怖い先輩でしたけど、いまなら部下の話を聞く耳だってもってくれるだろうし……」

「そうじゃなくて、あなただってデリバリでおいしい思いをしてるから、追及しきれないっていうの。違う？」

眼尻の涙を拭いた梨乃にキッと睨まれ、祐作の心臓は縮みあがった。どうやら祐作の脇も、先輩ゆずりで大甘だったようだ。

「……もし、先輩が浮気してたら、どうするんですか？」

恐るおそる訊ねると、

「まあ……いきなり離婚とかは考えないけどね。お店のこともあるし、親の反対を押しきって結婚した意地だってあるし……」

「よかった」

祐作は安堵《あんど》の胸を撫で下ろしたが、梨乃が続けた言葉に冷や水を浴びせられた。

「でも、悔しいからわたしも浮気しちゃうかも。誰でもいいから、ゆきずりの男に抱かれてやろうかしら……」

長い睫毛《まつげ》を伏せてつぶやいた横顔から、ぞっとするような色香が匂った。

3

「共犯者に、なっちゃおうか？」

梨乃がねっとりと湿った声でささやく。眼鼻立ちのすっきり整った純和風の細面が、妖しいピンク色に上気していく。

「どうせ浮気するなら、ゆきずりの男より、祐作くんのほうがいいかもしれない」

「いや、あの……」

祐作が後退《あとずさ》ると、梨乃はよけいに体をあずけてきた。

（やばい……やばいよ……）

夫が浮気している腹いせに自分も浮気してやろうという気持ちはわからないでもないし、相手が常連客の人妻であれば心のなかで「チャンス……」とつぶやくところだが、梨乃は他ならぬ菊川の愛妻なのだ。

高校時代の菊川が、走馬灯のように流れていく。

土地のやくざが相手でも一歩も引かない不良だったが、面倒見がいいので、まわりからの人望は絶大だった。ふたつ年下の祐作に対しても気さくに声をかけてくれ、改造オートバイの後ろに乗せてもらったこともある。パチンコや酒の手ほどきをしてくれたのも、菊川をはじめとした不良の先輩たちだ。

兄弟のいない祐作にとって、菊川はいつだって憧れの兄貴分だったし、なにより、東京で失意の日々を送っていたところを拾ってくれ、仕事を与えてくれた恩は一生忘れることができない。

その菊川の愛妻と間違いを起こしていいはずがなく、いますぐ拒否の姿勢を示すべきだった。

しかし、わかっていても、体が動いてくれない。

「祐作くん……」

梨乃が顎《あご》をあげ、半開きの唇を近づけてくる。

「……うんんっ！」

キスをしてしまった。

とうとう間違いを起こしてしまったのだ。

「うんんっ……うんんんっ……」

梨乃の口からぬるりと舌が差しだされ、祐作の舌にからめてくる。梨乃の舌はとても長くてよく動いた。ためらっている祐作の舌をあっという間にからめとり、口内を甘酸っぱい味でいっぱいにしていく。どこまでも深いキスに、祐作の頭のなかは真っ白になってしまう。

「んんんっ……ま、まずいですよ、梨乃さん」

ありったけの理性を総動員して、キスをといた。

「俺は、その……先輩のこと裏切れませんから」

「じゃあ、これはなに？」

「むむむっ！」

股間をつかまれ、祐作は眼を白黒させた。

「どうしてこんなに大きくなってるのかな？」

「そ、それは……」

勃起しきった男のテントをもみもみとまさぐられ、祐作は呼吸ができなくなった。

「わたしはね、祐作くんにあの人を裏切れって言ってるんじゃないの。むしろ逆。あの人がわたしに淋しい思いをさせてるんだから、弟分のあなたにフォローしてほしいだけ」

深い口づけのせいか、あるいは硬く隆起したイチモツをつかんだからか、梨乃はいつもとは別人のような大胆な女に豹変《ひょうへん》していた。

（やっぱり梨乃さんも……）

理想の奥さんに見えても、ひと皮剝けば欲求不満の人妻だったというわけか。

軽い失望と大いなる期待が祐作の五体を揺さぶり、欲情が脳味噌を思考停止に追いこんだ。菊川に受けた恩も忘れて、そこまで言われて応えなければ男ではない、などと思ってしまう。

「……本当にいいんですか？」

上目遣いでささやくと、

「やっとその気になってくれたのね」

梨乃は美貌を妖しく蕩けさせ、

「嫌なことをみんな忘れちゃうくらい、めちゃくちゃにして」

「断っておきますけど……」

祐作はおずおずと言葉を継ぐ。

「僕はその……絶対先輩よりセックス下手だと思いますよ」

真顔で言ったのがおかしかったのだろう。

梨乃はぷっと吹きだし、

「やだ、そんなこと正直に言うことないじゃない」

悪戯っぽく笑いながらも、男のテントを淫らがましく撫でさすってくる。ハープを奏でるように五指を動かし、勃起を芯まで熱く痺《しび》れさせる。

「梨乃さんっ！」

祐作は鼻息も荒く抱きしめた。梨乃の体は細かったが、胸のふくらみは豊満で、そこに手を伸ばしていく。ごわごわしたコックコート越しにもかかわらず、丸みを帯びたたまらない量感が手のひらを迎えてくれる。

「あああっ……」

胸の性感帯をまさぐられた梨乃は唇を開いてあえぎ、また口づけを求めてきた。

祐作は応えた。

右手で乳房をぐいぐいと揉みしだきながら、熱っぽく舌をからめあった。

（先輩が悪いんだ……こんなに美人な奥さんがありながら、デリバリの役得なんかにうつつを抜かしてるから……）

胸底でいくら言い訳しても、罪悪感は消えなかった。どこからどう見ても、これは恩を仇で返す人の道にはずれた行為だろう。

しかし、唾液が糸を引くほど激しく舌を吸いあっているうちに、罪悪感すらも欲望の炎に注がれる油と化していった。

高校時代から憧れの先輩だった菊川――その妻の抱き心地はどんな具合なのか？

自分にもひいひいよがり泣かすことができるだろうか？

菊川と同じように……。

そんな悪魔的な欲望が頭をもたげてくる。

コックコートのボタンをはずし、前を割ると、むっとする牝のフェロモンがたちのぼり、

「やだ」

梨乃が苦く笑った。

「わたし、汗くさいね。ホテルに行きましょうか。シャワー浴びれるように……」

「いいですよ」

祐作は眼を血走らせて首を横に振った。

「梨乃さんの汗の匂い、すごい興奮しますから」

「エッチィ」

梨乃が悪戯っぽく笑う。

「それに、ほら……ホテルに入るところ、誰かに見られたらまずいじゃないですか」

祐作はしどろもどろに言いながら、梨乃の体からコックコートを奪っていった。

実際は、もう我慢できなくなっただけだった。

それに、一日中厨房で働いた証《あかし》である汗の匂いはたまらなく芳ばしく、シャワーで洗い

流してしまうなんてもったいない。コックコートを脱がすと、下に着ていた白いTシャツにワインレッドのブラジャーが透けて見えた。

（なんてエロいブラジャー着けてるんだよ、梨乃さんっ！）

祐作は胸底で絶叫した。

しっかり者の姉さん女房の仮面の下に隠された牝の本性を垣間見《かいまみ》た気がして、いてもたってもいられなくなってしまった。

4

「ねえ、事務所に行きましょうよ……事務所のソファに……」

恥ずかしげにいやいやと身をよじる梨乃の体から、祐作は次々に服を奪っていった。

事務所のソファも悪くはないけれど、厨房で店長夫人の服を奪っていく非日常性にひどく興奮していた。女体をワインレッドのブラジャーとパンティだけにして、銀色に輝くステンレスの調理台に横たえると、股間のイチモツが制服のズボンを突き破りそうな勢いでみなぎっていった。

「ひっ、冷たい……」

と太腿やウエストが台に触れるたびに身をくねらせる二十九歳の人妻の姿は、いやらしすぎて息を呑むほどだ。

「あのう……いつもこういう下着を？」

祐作は立ったまま、台に横たわっている梨乃の胸をまさぐった。ざらついたレースの感触の奥に、たわわに実った乳肉を感じる。

「意地悪ね」

梨乃が頬を赤く染める。

「派手な下着を着けてる女は、欲求不満だって言いたいの？」

「そういうわけじゃないですけど……」

純和風の顔立ちをした梨乃の容姿に、色鮮やかなワインレッドのランジェリーは卑猥なほどにミスマッチだった。そのそぐわなさが、エロスとなって匂いたつ。

「もしかして、先輩の趣味？」

「……内緒」

梨乃は恥ずかしげに体を丸めたが、胸を隠したかわりにヒップが祐作のほうを向いた。

（うおおっ……すごいＴバックパンティだ……）

紐《ひも》状のＴバックが尻の桃割れにぴっちりと食いこみ、ヒップの双丘が丸見えだった。くりんと丸みがある尻丘は、二十九歳とは思えないほど張りがあった。

右手を伸ばし、さわりと撫でた。見た目以上に丸々として、素肌が白磁のようになめらかである。

「ああんっ……」

梨乃が尻を振りたてる。まるでもっと触ってと言わんばかりに。

祐作は、お望みどおりにしてやることにした。赤いランジェリーだけを纏《まと》った梨乃が乗っていると調理台はまるでストリップの舞台のようで、とびきり卑猥なポーズをとらせてやりたくなる。

「いやっ、こんな格好……」

両膝を突かせて尻を突きださせると、梨乃は恥ずかしそうな声をあげたが、祐作はかまわず女体を四つん這いに導いていく。突きだされた尻のほうから恥丘をのぞきこむと、

（うおおおおおおーっ！）

極薄の生地が女陰を包み、こんもりとふくらんでいた。よほど花びらが大ぶりなのか、ふくらみ具合が途轍もなくいやらしい。

つるつるした尻の双丘を両手で撫でさすりながら、顔を近づけていく。磯の香りとチーズの発酵臭がブレンドされたような、濃厚な匂いが鼻先で揺らいだ。

かなり強烈だった。

一日中厨房で立ち仕事をしていたから、パンティは牝のフェロモンだけではなく、汗の匂いもたっぷりと吸いこんでいるのだろう。

「んんんっ……んんんっ……」

祐作の荒ぶる鼻息を感じて、梨乃が尻を振りたてる。鼻息がくすぐったいのか、それとも匂いの強さを自覚しているのか、どこか切羽つまった振りたて方だ。

(ああっ、たまらない匂いだよ……)

たしかに強烈だったが、それが他ならぬ梨乃の恥ずかしい匂いだと思うと、嗅ぐほどに体の芯が熱くなっていった。気丈で献身的な良妻の、恥ずかしい淫臭。

「ぅんううぅーっ！」

梨乃が四つん這いの背中をのけぞらせた。祐作が桃割れに鼻面を突っこんだからだ。

「むううっ……むううっ……」

薄布越しに、鼻先をぐりぐりと押しつける。匂いに加え、じっとりした湿り気まで鼻に感じ、頭の中で欲情がスパークしていく。

「ああっ、熱いっ……熱いわ、祐作くんっ……」

鼻先だけではなく、口や舌も使ってパンティに包まれた女陰を責めると、梨乃は四つん這いの身をくねらせ、長い黒髪を振り乱した。その姿はストリッパーにはあり得ない人妻の生々しい色香に満ちて、男の欲情をどこまでも激しく揺さぶりたてる。

「めくりますよ……」

祐作はパンティのTバックをつかみ、クイッ、クイッ、と桃割れに食いこませた。

「そんなに熱いなら、パンティめくって見ちゃいますよ……」

「ああっ、いやっ……いやようっ……」

厨房には蛍光灯が煌々《こうこう》と灯《とも》っていたけれど、梨乃の「いや」は拒絶の「いや」ではなかった。めくられたくてたまらなくなっているのが、左右に振られるヒップからありありと伝わってくる。

「めくりますよ……見ちゃいますよ……」

祐作はTバックをぎゅうぎゅう桃割れに食いこませながら、まずは上のほうからわずかにめくり、セピア色のアナルを剝きだしにした。

「くぅううっ……」

梨乃がせつなげに声を絞る。

「丸見えですよ……恥ずかしいお尻の穴まで丸見えですよ……」

「ああっ、いやあっ……あぉおおおおーっ！」

悲鳴の声音《こわね》が途中で変わった。唾液をしたたらせた祐作の舌が、アナルの皺をとらえたからだ。

「や、やめてっ……くすぐったいっ……そんなところ舐めないでえええーっ！」

痛切な声をあげても、二十九歳の熟れた体はアナルへの刺激にすぐに順応した。祐作が舐めながらTバックをしつこく引っ張りあげていたせいもあるだろう。クイッ、クイッ、とリズミカルに引っ張るほどに、薄布に包まれた部分から、くちゅっ、ずちゅっ、と淫らな音がたちはじめる。

智美にされたチングり返しの応用だったが、効果は思った以上だった。

「や、やめてっ……お尻の穴はやめてっ……くすぐったいっ！」

言いつつも、梨乃の声には歓喜が滲《にじ》んでいる。

「本当ですか？　けっこう感じてるみたいですけど？」

祐作はアナルの皺を一本一本伸ばすように舌でなぞりながら、女陰も責めはじめた。薄布越しにクリトリスを探った。こんもり盛りあがったヴィーナスの丘の麓《ふもと》に狙いをつけ、指でぐにぐにと刺激してやると、

「うっっくっ……くぅうううううーっ！」

梨乃はアナルを舐められつつも、歓喜に悶えはじめた。

「感じてるんでしょ？」

祐作は鼻息も荒くつぶやいた。

「お尻の穴をペロペロされて気持ちがいいんでしょ？　僕、梨乃さんがこんなにいやらしい人だったなんて、思ってもいませんでしたよ」

じっとりと湿ったパンティ越しに、ぎゅうとクリトリスを押し潰すと、

「はぁあああああああーっ！」

歓喜に高ぶる梨乃の悲鳴が、広い厨房中に響き渡った。

5

「見ますよ……パンティめくって見ちゃいますよ」

祐作は、四つん這いの梨乃のヒップからワインレッドのパンティをずらした。一日分の汗と発情のエキスをたっぷり吸いこんだ薄布は、割れ目から離すときかさぶたを剝《は》がすような感触がした。

「あああっ……」

熱く濡れまみれた股間に新鮮な空気を感じ、梨乃があえぐ。厨房の蛍光灯に煌々と照ら

されて、二十九歳の女の花が艶《あで》やかに咲き誇る。

（うわあっ……）

祐作は眼を見開いて凝視した。

やや黒ずんだアーモンドピンクの花びらが、巻き貝のように縮れながら蜜を漏らしていた。欲情しすぎて肥厚しているのか、見たことがないほど肉厚な花びらだ。

（気持ちよさそうだな……）

結合したときの弾力を想像すると、背中に興奮の震えが這いあがっていく。

指を伸ばして、ひろげた。

花びらの奥の粘膜は透明感あふれる綺麗なパールピンクで、けれども愛撫を催促するようにひくひくと熱く息づいている。

「あおおおっ……」

唇を押しつけると、梨乃は四つん這いの背中を反らせた。

祐作は舌を伸ばして、パールピンクの粘膜を攪拌《かくはん》した。梨乃の肉ひだはひどくぴちぴちしていて、もうすぐ三十路に突入するとは思えないほど新鮮な味わいがした。

「ああっ……はぁあああっ……」

舌の動きに合わせて、梨乃が声をもらす。一足飛びに喜悦の色彩を濃くし、艶やかになっていく。

と同時に、肉ひだの渦からあふれる愛液の量も倍増し、瞬《また》く間に祐作の口のまわりをびしょびしょに濡らした。

（ちくしょう、もう我慢できないよ……）

じゅるっ、じゅるるっ、と牝の蜜を吸いたてながら、祐作の五体は炎のように燃え盛っていった。もっとじっくりクンニをしたいし、フェラだってされてみたかったが、ズボンの下で勃起しきったイチモツが悲鳴をあげている。

それに、ここが厨房であることを考えると、ねちっこく愛撫を続けるのはそぐわないかもしれない。欲望のままに、雄々《おお》しく女体を貫いたほうが、梨乃も興奮するのではないだろうか。

「……あふっ」

女陰から口を離すと、梨乃は五体をぶるるっと痙攣させた。パンティはずらしてあるが、梨乃はまだワインレッドのランジェリーを上下とも着けている。ぴかぴかに磨きあげられたステンレスの調理台の上で四つん這いになっているその姿は、卑猥すぎてよだれがしたたってきそうなほどだ。

祐作は素早く服を脱いで全裸になり、調理台の上にあがった。梨乃の後ろにまわって、くっきりくびれた腰をつかむ。

「……ああっ」

振り返った梨乃の顔が、いやらしくひきつった。臍《へそ》を叩く勢いでそそり勃ったペニスを、視線がとらえたのだ。

「ここで……ここでするの？」

「はい」

「わたし、あの人とだってこんなところでしたことないのに……」

「大丈夫ですよ」

祐作はとぼけた返事で誤魔化した。調理台にのぼった途端、見慣れた厨房の景色が一変し、さながらステージで交尾を始めるような異様な興奮が襲いかかってきた。

梨乃の腰を持ちあげ、膝を伸ばさせる。ステンレスに膝をついていては痛くなりそうな気がしたので、立ちバックだ。平らな調理台にはしがみつく場所がないから、梨乃の体は前屈の二つ折りになってしまった。いささか強引な体位だが、祐作は自分の強引さに酔っていた。

なにしろ、いま結合を果たそうとしている女は、菊川の妻なのだ。地元でワルのなかのワルと恐れられた男の女を寝取ろうとしているのだから、どこまでも強気に、梨乃を圧倒するほど猛々《たけだけ》しく振る舞わなくてはならない。

「いきますよ……」

ぬれぬれの女陰に切っ先をあてがい、ぐっと腰を前に送りだす。

「はぁあうううううーっ！」

割れ目をずぶりっと貫かれ、梨乃の体がこわばる。息を呑み、ぶるっ、ぶるるっ、と痙攣しながら、勃起しきった肉茎を迎え撃つ。

「むうう……」

祐作は唸りながら、梨乃のいちばん深いところを目指した。ぴちぴちしたパールピンクの粘膜は、結合の感触もひどく新鮮だ。

「はぁうあああああーっ！」

ずんっ、と子宮を突きあげると、梨乃は五体を跳ねさせて悶絶した。前屈の上体が反り返って、両手をひらひらと宙に泳がせた。

（これが……先輩の奥さんの……オマ×コか……）

祐作は胸底でつぶやいた。罪悪感を覚えるよりも強く、憧れの先輩の妻を寝取ってしまったことに興奮していた。

すかさず腰を動かした。

いきなりのフルピッチだ。

丸々と張りつめた梨乃の尻を、パンパンッ、パンパンッ、と打ち鳴らしながら、鋼鉄のように硬くなったペニスを抜き差しする。片側に寄せただけのワインレッドのパンティが、言い知れぬ興奮を誘う。

「はぁあああっ……はぁあああああっ……はぁうううううっ……」

梨乃の悲鳴もみるみるボルテージがあがっていき、神聖な職場であるはずの厨房を淫らな声で満たしていく。

祐作は両手を梨乃の腰から胸にすべらせ、ブラジャーに包まれたふくらみを揉みしだいた。ざらりとしたレースが汗でじんわりと湿って、たまらなくいやらしい揉み心地がした。けれども、すぐにブラ越しの愛撫では満足できなくなり、ホックをはずして生乳を両手で握りしめた。

「あううっ……あううっ……いいわ、祐作くん……いいわっ……」

双乳を揉みくちゃにされた梨乃は四肢をくねらせ、ヒップをしたたかに押しつけてきた。祐作が後ろから乳房をすくったので必然的に上体が起きたが、きわどくバランスをとって猛りたつ男根を濡れた蜜壺でしゃぶりあげる。

「たまりませんよ、梨乃さん……」

祐作は両膝をガクガクと震わせながら言った。

「こんなに気持ちいいの……僕、初めてです……」

嘘ではなかった。体の相性なのか、あるいは梨乃が名器の持ち主なのか、セックスでこれほどの一体感を感じられるとは。腰を振りたてるほどに、これほどのボディに淋しい思いをさせている菊川が憎たらしくなってきたほどだった。

「ああっ、わたしも……わたしもよ……」

梨乃が首をひねってくしゃくしゃになった美貌を向けてくる。磁石のS極とN極がくっつくような、熱烈な口づけをかわす。

「こんなにいいの、初めてよ……祐作くん、セックスが下手なんて嘘じゃない」

「梨乃さんのせいですよ……梨乃さんがすごくいいから……」

祐作は締まり具合を確認するように腰をグラインドさせては、激しく突きあげた。ずちゅっ、ぐちゅっ、という淫らな肉ずれ音を響かせて、女体を恍惚《こうこつ》に追いこんでいく。

「ああっ、すごいっ……わたし、もうイッちゃいそう……」

「僕もですっ！」

祐作は呼吸も忘れた真っ赤な顔で叫んだ。

「僕ももう出ますっ！」

支えのない不安定な立ちバックを崩さないように、斜め上に向けて連打を放つ。

「あぁっ、イクッ！　イクイクイクイクウウッ……」

「おおおっ……出ますっ……もう出ますううっ……」

お互いの体が、恍惚の予感にぶるぶると震えだした。

「おおおううっ！」

祐作が最後の楔《くさび》を打ちこみ、煮えたぎる欲望のエキスをドピュッ！　と噴射させると、

「はぁおおおおおーっ！」

梨乃はのけぞって硬直し、次の瞬間、男根を咥えた尻を、ビクンッ、ビクンッ、と跳ねあげた。

「イッ、イクッ……イクウウウウウウーッ！」

「おおおっ……出るっ……まだ出るううっ……」

喜悦に歪んだ声を重ねあわせて、ふたりは身をくねらせあった。

やがて、ぴかぴかに磨きあげられたステンレスの上に崩れ落ちるまで、祐作は長々と射精を続け、梨乃はいつまでもアクメの頂点からおりてこなかった。

第六章　見られてもいいの

1

（ああっ、大変なことしちゃったなあ……）

閉店後の〈やさしいごはん〉の厨房で梨乃と体を重ねて以来、祐作は菊川と顔を合わせるたびに心臓が縮みあがる気分にさせられた。先輩であり恩人である菊川を裏切ってしまった罪悪感は大変なものだったし、それにも増して、もしバレてしまったらと思うと、生きた心地がしなかった。

そんな祐作の気持ちも知らぬげに、菊川の機嫌はすこぶるよかった。とくにデリバリから帰ってきたあとは、鼻歌のひとつでも歌いださんばかりに満面の笑みを浮かべていた。

「あの、先輩……」

祐作はあるとき、思いあまって訊ねてみた。

「最近、妙に機嫌がいいですけど、やっぱデリバリで役得を？」

「ああーん？」

菊川は片眉を吊りあげて睨んできたが、すぐに破顔し、

「まあな。久々に暇な人妻に接してみたら、もう入れ食い状態でよ。ククク、体がいくつあっても足りねえよ」

浮気の事実を認めた。いっそ、しらばっくれてほしかった。

「でも、それって……梨乃さんに悪くないですかね？」

「なんだよ」

菊川は苦笑した。

「おまえはあいつの味方なのか？　俺だって仕事は真面目にしてるし、金のかかる遊びに凝ってるわけでもないしさ。若いんだから、少々羽目をはずしたっていいじゃねえか。だいたい、ぜってえバレないようにやってるし」

自信満々に言っているわりには、菊川の脇は大甘だった。祐作が梨乃に誘惑されたときにかかってきた電話もそうだが、役得を楽しんできたあとは、あからさまに機嫌がいい。そして菊川の機嫌がよければよいほど、梨乃の笑顔を見る機会は減っていった。

（とにかく先輩も、やるならもう少し控えめにやってほしいよ。このままじゃ、また梨乃さんが爆発しないとも限らないし……）

祐作は菊川の眼の届かないところで何度となく深い溜め息をもらした。

それから数日後の午後。

不安は現実となり、祐作は梨乃に耳打ちされた。

「今日の夜、時間あるかしら？」

「えっ？　はあ……」

祐作が曖昧《あいまい》にうなずくと、

「じゃあ、またちょっと愚痴聞いて。仕事終わっても帰らないで待ってて」

「せ、先輩は？」

「飲みにいくみたい。誰と行くのか知らないけど」

梨乃は吐き捨てるように言うと、挑むような眼つきで祐作を見てきた。その妖しく潤んだ瞳を見ていると、彼女の用件が愚痴を聞いてほしいだけではないことがありありと伝わってきた。

「じゃあな、祐作。お先にー」

閉店時間が過ぎると、菊川は一目散に着替えて外に飛びだしていった。ぶんむくれた顔で見送る梨乃のことなどおかまいなしに、ご機嫌に頬を上気させていた。

「……行っちゃいましたね？」

「……うん」

残された祐作と梨乃は、溜め息を重ねた。眼を見合わせるのも気まずいムードのなか、更衣室を交互に使って着替えた。コックコートからフェミニンなワンピースに着替えた梨乃は、華やかな女らしさにあふれていた。

（やっぱ美人だ……）

祐作は胸底でつぶやいた。これほど美しい妻が家にいるのに外で浮気をしている菊川の気が知れないが、いまはそんなことを言っている場合ではない。ヤケになった彼女ともう一度間違いを犯してしまうことだけは、なんとしても避けなければならなかった。

「僕たちも飲みにいきましょうか？　駅前に新しい居酒屋ができたみたいで、クーポン券配ってましたから」

ポケットに入れっぱなしにしておいたチラシを出すと、

「えっ？　いいわよ。なんか疲れちゃったし、出歩きたくない」

梨乃は首を横に振り、

「飲むんだったら、ここで飲みましょう」

と冷蔵庫から缶ビールを二本出して、事務所に向かった。ソファに並んで腰をおろし、缶ビールのプルタブを開けて乾杯した。

「……お疲れさまっす」

「……うん」

お互いにしばし押し黙ったままビールを飲んだ。仕事終わりの冷えたビールを、これほど気まずいムードで飲んだことはなかった。

梨乃も同じようで、

「ビールくらいじゃ酔えないな」

三百五十ミリ缶をあっという間に空にすると、再び冷蔵庫を開けて今度は日本酒の瓶とグラスをもってきた。

「お中元でもらった吟醸酒、とってあったの。飲むでしょ？」

「ええ、はい……」

祐作は日本酒は得意なほうではなかったが、うなずくしかなかった。

「……やっぱり、ちょっと早まっちゃったかなあ」

グラスを傾けながら、梨乃が溜め息まじりにつぶやく。

「なにがです?」

「結婚」

「そんな……」

祐作は苦笑した。

「先輩だって一時の気の迷いですよ。梨乃さんのことが嫌いになって、外で遊んでるわけじゃないでしょうし」

「でもね……」

梨乃はグラスに新しい酒を注《つ》ぎながら、

「百歩譲って、外で遊んでくるのはいいの。本当は嫌だけど……まあ、あの人も若いからしかたがないかもしれない。でも、だったらせめてわたしにはバレないようにするとか、外で好きにやってるぶん、わたしへの気遣いも倍にするとか……そういうやさしさがないんだな、あの男には」

グラスに注いだ酒を一気に飲んだ。白く冴《さ》えた頬が、花が咲くように艶《なま》めかしいピンク色に染まっていく。

「先輩、女は黙ってついてこいってタイプですもんね?」

「そこよ、問題は」

梨乃は酒に濡れた唇を尖らせた。

「わたしのことをね、自分の甲斐性《かいしょう》で養ってくれてるならまだわかるのよ。でも実際は、わたしがパパに頭をさげてお店やらせてもらって、それで生活してるわけじゃない？　浮気する資格なんてないと思うのよ」

「いやまあ……」

祐作は苦笑した。苦笑でもするしかなかった。

「それを言っちゃあ、おしまいっていうか……先輩だってわかってると思いますよ。梨乃さんに感謝してると思うし、仕事だって真面目にやってるじゃないですか」

「そうだけど……」

梨乃はふうっとひとつ溜め息をつき、

「惚《ほ》れた弱みかなあ。わたしはこんなに好きなのにって、すごく苛々《いらいら》しちゃって……まあ、単なる愚痴だから、聞き流して……」

ひどく哀しげにつぶやいた。

「とにかく、今日は飲みましょう。飲むしかないですよ、もう」

祐作は酒瓶を取って梨乃のグラスに注いだ。彼女の言葉の裏側には、自分も浮気をしてしまった自己嫌悪が透けて見えた。二度とあやまちを犯さないよう、飲んで潰《つぶ》れてくれることを祈るしかなかった。

2

梨乃は意外なほど酒が強かった。

年下の夫に浮気をされ、荒《すさ》んだ気持ちがそうさせたのかもしれないけれど、日本酒の四合瓶が瞬く間に二本も空いた。

「ほらー、なに遠慮してるのー、祐作くんも飲みなさいってば」

「あ、はい。いただきます」

グラスに酌をしてもらいながらも、祐作は気を緩めることができなかった。梨乃はすでに呂律《ろれつ》があやしく、動きも散漫になっている。こちらまで酔っぱらってしまっては、自宅に送っていくことができなくなる。

「ねえ、なんかまぶしくない？」

梨乃が眼を細めてあたりを見渡した。

「わたし、酔っぱらってくると、蛍光灯の光が鬱陶《うっとう》しくなるのよねー。光が眼に突き刺さってくる感じがして」

「そうですかね？」

祐作は曖昧に首をかしげたが、

「そうよう！」

梨乃は覚束《おぼつか》ない足取りで立ちあがると、事務所と厨房の照明を消した。厨房から事務所に続くドアを開け放ったままにして、厨房の磨《す》りガラス越しに差しこんでくるオレンジ色の外灯だけが、室内をおぼろげに照らす状態にする。

「どう？　こうすれば、職場とは思えないほどムーディでしょう？」

「はあ」

得意満面な笑顔でソファに座り直した梨乃に、祐作は苦笑した。たしかにムーディだが、あやしい雰囲気になってしまっては困るのだ。

しかし、梨乃のほうは反対のことを考えているようだった。

再び、菊川に対するあてつけの浮気をしたいらしい。

単純に欲求不満なのかもしれないが、酔うほどに眼つきが色っぽくなっていく。

気まずい沈黙のなか、杯を重ねた。

ソファに並んで座った梨乃が、じりっ、じりっ、と身を寄せてくる。フェミニンなワンピースに包まれた体から、ほんのりと甘い匂いが漂ってきた。

（ま、まずい……）

いまにも梨乃の手が体に触れてきそうで、身構えたときだった。

ガチャッと入口の扉が開く音がして、話し声が聞こえてきた。

「へへっ、どうよ？　広くていいだろ？」

菊川の声だった。

「こういうところでいたしちゃうのも、あんがい燃えると思うんだよ、うん」

「ふふふっ」

女が淫靡に笑う。

「そんなこと言っちゃって。本当はホテル代を節約したいだけなんじゃない？」

「まあまあ。うち、カミさんきつくてさあ。小遣い少ないんだから勘弁してよ」

「いいですけど、べつに。わたしはどこでしたって」

薄暗い厨房に足音を響かせて、菊川と女が入ってきた。

祐作と梨乃は、反射的にロッカーの陰へと移動していた。そこにいれば、厨房から見つかることはない。もちろん、事務所に入って来られればその限りではないが……。

（なに考えてるんだよ、先輩……）

祐作は背中に冷や汗が流れていくのを感じた。

バッドタイミングの極めつけだった。

神聖な職場に女を連れこみ、ラブホがわりにしようとしている菊川も菊川だが、梨乃が照明を消したりしなければ、菊川だって人がいることに気づいて踵《きびす》を返したに違いないのである。

「うんんっ……」

口づけをする気配が伝わってきた。あたりは閑静な住宅街なので、はずむ吐息も、唾液を啜《すす》りあう音も、がらんとした厨房に生々しく響き渡る。

祐作は息を呑み、恐るおそる梨乃を見た。

眼を吊りあげた鬼の形相をしているのが、薄闇の中でもはっきりとわかった。

「……許せない」

梨乃は口の中で震える声を噛みしめると、

「ちょっとおっ！」

大声をあげて厨房に飛びだし、蛍光灯のスイッチを入れた。にわかに明るくなった厨房で、抱きあっていた菊川と女が淫らに紅潮した顔をひきつらせた。

「な、なんだ、おまえ……いたのかよ……」

菊川が蒼《あお》ざめてつぶやくと、

「いたら悪いっていうのっ！」

梨乃は怒声をあげ、抱きあったふたりを睨みつけた。ふたりは交尾の途中に水をかけられた犬のように、あわてて体を離した。

（噓だろ……）

祐作はひとり、事務所の暗闇に身を隠しながら厨房の様子をうかがっていた。

これから始まる修羅場への恐怖もあったが、それ以上に女の正体に驚かされた。

卵形の美貌に、ゴージャスにカールした髪。白いシャツの胸を大胆にはだけ、黒いマイクロミニのスカートがヒップの豊満さを強調している、セクシーな女。

水沢由里だった。

言うまでもなく、祐作が童貞を捧《ささ》げた三十歳の人妻である。

「あなたって人は……あなたって人は……もう我慢の限界……そんなに浮気がしたいなら、もう別れる。離婚するから、ここからも家からも出ていってっ！」

梨乃の剣幕に、菊川は顔色を変え、

「ま、待ってくれ……」

喧嘩十段とは思えないへっぴり腰で梨乃に歩み寄った。

「別れるとか離婚とか、そんな大げさな話じゃないだろう？　だいいち、俺はまだ彼女となにもしていないじゃないか」

「キスしてたでしょ」

「キスだけさ。親愛の情を示す」

「嘘ばっかり。最後までしようとしたに決まってるじゃない」

梨乃が怒りに声を震わせると、

「申し訳ないっ！」

驚くべきことに、菊川は床のコンクリートに土下座した。

「キスしたことは心から謝る。でもそれだけなんだ。俺はべつに、彼女のことが好きでもなんでもないし……だから離婚とかそういうことは言わないでくれよ」

事務所に身を隠している祐作は、

（すげえな、先輩。そこまでするのか……）

と啞然としていた。

いくら離婚されてしまえばフリーターに逆戻りとはいえ、いまのいままで浮気しようとしていた女の前で妻に土下座し、許しを乞うとは尋常ではない。男としてのプライドとか、そういうものはないのだろうか？

「ううう っ……」

鬼の形相の梨乃が、土下座する夫を見て唸っていると、

「アハハッ、馬っ鹿みたい」

由里が乾いた笑い声をあげた。

「ちょっと浮気したくらいで、別れるとか離婚とか大げさすぎるわよ。わたしにだって家庭があるし、遊びよ遊び、そんな深刻になることないじゃないの」

「なんですって……」

梨乃の顔がみるみる真っ赤に上気していき、

（ダ、ダメだよ、由里さん……）

祐作は焦った。由里の意見は、人妻の偽らざる本音としては正しいかもしれないけれど、いまの梨乃には怒りの炎に油を注ぐようなものだ。

「あなた……泥棒猫みたいな真似しておいて、よくもそんなことが言えるわね？」

「泥棒猫？」

梨乃の言葉に、由里はますます笑い、

「あなた、わたしより年下っぽいのに、ボキャブラリーが古くさいわね。それに、泥棒猫っていうのは、不倫略奪愛みたいなことでしょ？　わたしには夫がいるし、最初からセックスだけの遊びのつもりなんだから、当てはまらないと思うけど」

「そんな屁理屈《へりくつ》はどうだっていいのよ」

梨乃は火の出るような視線を、由里から菊川に移した。土下座したまま顔をあげていた菊川は、睨みつけられて震えあがった。

「どうしてくれるの、あなた？　わたしいま、侮辱されたのよ。夫としてどう落とし前つけてくれるのよ」

「おおっ、怖っ」

由里がおどけたように自分を抱きしめて身震いする。

「泥棒猫の次は、落とし前？　健之くんも、恐ろしい人を奥さんにしちゃったものね」

「うるさいっ！」

梨乃は由里を睨みつけ、息を呑んだ。普段は淑《しと》やかな梨乃ではあるが、性格的には大変に気が強い。もはや一歩も引くわけにはいかないという悲壮な決意が、眼を吊りあげた表情から伝わってくる。

「ねえ、あなた……」

梨乃は低くつぶやいた。

「どうしても許してほしいなら、いまこの場で、この女の前でわたしを抱いて。抱いてくれなきゃ、本当に別れてやる……」

「おい、待てよ。そんな馬鹿なこと……」

菊川は泣きそうな顔になったが、

「面っ白いーっ！」

と由里が手を叩いて菊川の言葉を打ち消した。

「本当にそんなことができるなら、やってごらんなさいよ。わたしここで見ててあげるから」

ぴかぴかに磨きあげられたステンレスの調理台に肉感豊かな尻をのせると、長い脚をさっと組んだ。こちらも異常な状況下で、さっきから人格が変わってしまっているようだ。

（まったく、なにを言いだすんだよ、梨乃さんも……）

祐作は展開のデタラメさに眩暈《めまい》を覚えた。いくらなんでも、そこまでするのはやりすぎ……いや、ハレンチすぎる。露出狂の変態性欲者でもあるまいし……。

ところが。

呆《あき》れるあまりに「はあっ」とついてしまった溜め息の音が、いささか大きかった。水を打ったような静けさのなかで睨みあっていた厨房の三人に、気配を悟られてしまった。

「おい……誰かいるのか？」

菊川が声をあげた。由里も訝《いぶか》しげに眉をひそめてこちらを見ている。

事情を知っている梨乃だけは知らぬ素振りでやりすごそうとしてくれたが、そうはいかない雰囲気になってしまったので、

「……どうも」

祐作は気まずげに頭をかきながら厨房に出ていった。

「なにやってるんだ、おまえ、そんなところで？」

菊川が言い、

「それがその……実はさっきまで梨乃さんと一緒にお酒を飲んでまして」

「事務所も厨房も真っ暗にしてか？」

菊川の疑問はもっともだったが、

「いまそんなことはどうだっていいでしょっ！」

梨乃の怒声にかき消された。

「どうするのあなた、やるの？　やらないの？」

「いや、でも、祐作まで……」

菊川がひきつった苦笑いを浮かべながら祐作を指差したが、

「いいわよ、べつに」

梨乃は事もなげに言い放った。

「誰が見てたって、そんなことはもうどうだっていいの。あなたがわたしを愛してるってことを、人前で証明できるかどうかだけが重要なんだから」

言うやいなや、驚くべき行動にでた。

ワンピースを自分の体から毟《むし》り取るように脱いでしまい、ライムグリーンのランジェリー姿で仁王《におう》立《だ》ちになったのである。

「おいおい……」

あわてる菊川の顔は、ほとんど泣きそうに歪みきっていった。

3

(しかし……いざとなったら無茶するな、梨乃さんも……)

祐作は呆然《ぼうぜん》自失の状態で立ちすくんでいた。

ライムグリーンの下着姿になった梨乃は、土下座していた菊川を立ちあがらせて、シャツのボタンをはずしはじめた。

「なあ、待てよ……ちょっと落ちつけって……」

菊川は口のなかでモゴモゴ言っていたが、抵抗することはできず、どんどん服を脱がされていく。ブリーフまでめくりさげられ、ぶらりと萎縮《いしゅく》しているイチモツをみなの前でさらしものにされてしまう。

梨乃に由里に祐作、その場にいた人間の視線がいっせいに菊川の股間に集まった。

「なによ？」

菊川の足元にしゃがみこんでいる梨乃が、上目遣いに菊川を睨んだ。

「相手がよその女房から自分の女房に変わったら、この有様なわけ？」

「い、いや……」

菊川は情けない中腰になって、首を横に振り、

「そういうこと言うなよ……人前で緊張してんだってば。こんな状況で勃つわけないよ」

女の前に勃起していないペニスをさらした男というものは、威厳というものをまったく失ってしまうものらしい。腰を引いた菊川の姿からは、かつて地元でワルのなかのワルと恐れられた男の迫力は、微塵《みじん》も感じられなかった。

「……まったく怖い奥さんねえ」

耳打ちされて、祐作はビクンッとした。いつの間にか、由里が祐作の側《そば》にやってきていたのだった。

ふたりの位置は、菊川と梨乃まで二メートル弱といったところか。

「帰ったほうがいいんじゃないですか？」

祐作は由里に耳打ちを返した。

「なんで？」

「だって……」

「ふふっ、面白そうじゃない」

由里は口許に淫靡な笑みを浮かべつつ、瞳を輝かせた。

「人がセックスするところなんて見たことないし……今夜、ダンナが出張でちょうど退屈してたところなのよ」

なるほど、と祐作は胸底でつぶやいた。夫が出張に出ているから、菊川に誘惑の魔の手を伸ばし、こんな展開になったというわけか。

「ほら、どうしたのよ？　いつもみたいに大きくしてごらんなさいよ」

梨乃は萎縮したペニスを指でいじりながら、意地悪げに言葉を継ぐ。

「なあ、梨乃。二度と浮気なんてしないから、もう勘弁してくれよ。俺、ダメなんだよ、こんなふうに人前でなんて……」

菊川はいまにも泣きだしそうな顔で許しを乞うたが、

「ダーメ。あの女の前でわたしを抱けないなら、離婚してやるから……」

梨乃は容赦なく言い放ち、頼りなく下を向いているペニスを口に含んだ。

「むむむっ！」

菊川の体が伸びあがった。顔がみるみる真っ赤に上気していき、首に筋を浮かべて悶え始めた。

（す、すげえ……）

そこまでやるかという思いで、祐作はフェラを開始した梨乃を凝視した。勃起していないペニスなので当然サイズも小さいから、男の陰毛に顔を埋めんばかりにして舐めしゃぶっている。浮気相手の由里に見せつけてやりたい気持ちはわかるが、あまりにも大胆なやり方である。

とはいえ、それなりに効果はあったらしく、

「むむっ……やめてくれ……やめてくれ、おおおっ……」

情けなく身をよじっている菊川のイチモツは、梨乃の口の中でどんどん臨戦態勢に近づいているようだった。

「うんんっ……ぅんんんっ……」

鼻奥でうめきながらペニスをしゃぶっている梨乃の唇が、次第に大きく開いていった。ペニスがフェラの刺激に巨大化して、梨乃の唇を割りひろげているのだ。

「ぅんんっ……ぅんんんっ……」

梨乃の顔色が変わった。どうやら完全に勃起しきったらしい。せつなげに眉根を寄せつつ唇をスライドさせると、唇から先ほどまでとは似ても似つかない長大な男根が、チラチラと姿をのぞかせた。

やればできるじゃないの？　上目遣いで菊川を見上げる梨乃の、心の声が聞こえてきそうだった。

じゅるっ、じゅるるっ、と淫らがましい音をたて、嬉々として舐めしゃぶり始める。

「むむっ……むむむっ……」

と悶絶する菊川を挑発するように、鼻の下を伸ばしたいやらしい顔で下から見上げる。

隆々と勃起し、女の唾液にまみれた男根を口から吐きだしては、さもおいしそうに亀頭を舐めまわし、根元をぬるぬると手指でしごきたてていく。

（いやらしいっ……なんていやらしい顔で舐めるんだよ、梨乃さんっ……）

祐作は固唾《かたず》を呑んで、梨乃の施す熱烈なフェラチオをむさぼり眺めていた。

人がフェラチオされているところを生で見ることも初めてなら、純和風の淑やかな美貌と卑猥に濡れ光ったペニスのコントラストが強烈すぎる。

隣を見ると、由里も呼吸を忘れて眼の前の光景を凝視していた。激しく興奮しているらしく、まぶしげに細めた眼と、その下でほんのりと紅潮した頬が、たまらなくエロティックだ。

「も、もういいっ！」

やがて顔を真っ赤にした菊川が、梨乃の頭をつかんでイチモツを口唇から引き抜いた。瞬間、ピターンと湿った音をたてて臍《へそ》を叩いたほど、菊川のイチモツは鬼の形相でいきり勃っていた。

菊川は梨乃の腕をつかんで立ちあがらせると、

「いいんだな……本当にやっちゃっていいんだな？」

ハアハアと息をはずませながら、獣欲も露わにむしゃぶりついた。ライムグリーンのブラジャー越しに乳房をつかみ、いきり勃ったペニスを太腿に押しつけた。

「いいって言ってるでしょ！」

梨乃は気丈に言い返したが、

「あの女の前で、あなたが誰をいちばん愛しているのかはっきりさせてよ……んんんんんーっ！」

ブラ越しに乳房を揉みくちゃにされ、白い喉を見せてのけぞった。

「はっきりさせてやるさ……」

菊川は興奮に息をはずませながら、ブラジャーのホックをはずしていく。先ほどとは人が変わってしまったかのように、眼をギラギラさせて欲情を露わにしている。

「だけど後悔するなよ。ひいひいよがり泣かせて、赤っ恥を掻《か》かせてやるからな。二度とあいつらの顔を見られないくらい、乱れさせてやるからな……」

先ほどとは別人のように豹変した菊川を見て、祐作は唸った。どうやら男というものは、股間がいきり勃つと女に対してどこまでも尊大に振る舞えるものらしい。

「ほーら、ブラをはずすぞ。おっぱい丸出しにしてやるぞ……」

ブラジャーのホックをはずした菊川は、意地悪げな台詞《せりふ》で梨乃の羞恥心を揺さぶりながら、カップをじわじわとめくりあげていく。豊満な胸のふくらみが、ギャラリーに向けて露わにされる。

「あああっ！」

恥辱に歪んだ梨乃の悲鳴とともに、豊かな双乳が露わになった。ブラ越しにたっぷりと揉みしだかれていたせいか、先端の乳首もいやらしいくらいに尖りきっている。

「ああっ、いやあっ！　いやあああっ……」

「なにがいやだっ！」

菊川は怒声とともに梨乃の後ろにまわりこみ、両脇の下から両手を入れて生身の双乳を

すくいあげた。悶える梨乃をいなしながら、もみもみと乳肉に指を食いこませ、

「自分がやってほしいと言ったんじゃないか、こんな、人前で……」

真っ赤に染まった梨乃の耳元に熱っぽい吐息を吹きかける。搗《つ》きたての餅のように柔らかそうな乳肉をこねるように揉みしだいては、硬く尖りきった乳首をくにくにと指先で押しつぶす。

そして。

菊川が梨乃の背後にまわったのは、ただ後ろから双乳を揉みしだくためだけではないようだった。

女体の向きを絶妙にコントロールし、パンティ一枚の梨乃の体を祐作と由里の正面に向けてきたのだ。

「ああっ……いやあああああっ……」

梨乃の口から悲痛な悲鳴が迸《ほとばし》る。

（やばい……やばいよ……）

祐作は、血走るまなこを見開いてその様子を見つめつつも、全身に戦慄《せんりつ》の震えが走るのをどうすることもできなかった。

野獣と化した菊川が、どんなふうに梨乃を犯すのか？　考えただけで、身の毛もよだつ。

先ほど男のプライドを踏みにじられたあとだけに、すさまじいプレイを繰りだしそうな気がする。

「くくっ、そろそろおっぱい揉まれてるだけじゃ満足できなくなってきたろ?」

菊川は梨乃の耳に熱っぽくささやくと、双乳をもてあそんでいた手の一方を、梨乃の下肢にじわじわと這わせていった。

股間にぴっちりと食いこんだライムグリーンのパンティ越しに、菊川の指がヴィーナスの丘を撫ではじめると、

「くうう っ……くぅうううううーっ!」

梨乃は食いしばった歯列の奥から、どこまでもせつなげな悲鳴をもらした。

4

「へへへっ、ずいぶん熱くなってるみたいだぞ」

ライムグリーンのパンティ越しにヴィーナスの丘をねちっこく撫でまわしながら、菊川がささやく。実際そうであるようで、梨乃の顔が羞恥に歪みきっていく。

「まったくおまえも馬鹿だよな、自分から赤っ恥を掻くことを言いだすなんて。そら、見

てみろよ。女だけじゃなくて、ここにゃあ祐作までいるんだぜ」

「い、言わないでっ……」

梨乃は首筋から胸元まで真っ赤に染め抜いて、いやいやと首を振った。

菊川が知る由もないことだが、祐作と梨乃は一度、体を重ねている。つまり、彼女が女の恥部を祐作の前にさらすのは初めてではないのだが、だからといって恥ずかしい思いが軽減されるわけでもないだろう。

「ふふふっ、こんなことしたら、どうだ？」

菊川はパンティのフロント部分を掻き寄せると、梨乃の股間にぎゅうっと食いこませた。

「くぅううーっ！」

梨乃の腰が砕けそうになる。しかし菊川は、クイッ、クイッ、とパンティを引っ張りあげて、梨乃がしゃがみこむことを許さない。梨乃がしゃがみこもうとすればするほど、褌《ふんどし》状に細くなったライムグリーンの薄布が股間に食いこむ。爪先立ちになって、むっちりした太腿をぶるぶると震わせる。

「おいおい、すごい眺めになってきたぜ。見てみろよ」

菊川は興奮に上ずった声でささやいた。

「食いこみすぎて、毛がはみ出してる。恥ずかしくないのかよ、おい」

「あああっ……」

潤んだ瞳で自分の下半身を見た梨乃は、あまりに無惨な光景に空気が抜けるような声をもらした。食いこみすぎたパンティは女の割れ目の所在を生々しく露わにし、恥ずかしい繊毛が両脇から大胆にはみ出していた。

「ご、ごめんなさい、あなた……」

梨乃はあわてて振り返り、

「やっぱり……やっぱり、こんなことしなくていいわ……」

涙ながらに言葉を継いだ。

「浮気の件は、二度としないって約束するなら許してあげるから……だからもう……もうやめて」

「ダメだね」

菊川がひときわ痛烈にパンティを股間に食いこませ、

「くぅうううーっ！」

梨乃は爪先立ちになって総身をのけぞらせた。

「自分の言った言葉には最後まで責任をとってもらう。それに……」

菊川は片乳を揉んでいた手も下肢のほうに伸ばしていき、

「本当は興奮してるんだろう？　だっておまえ、普段は姉さん女房ぶってても、ベッドの中じゃMだもんなあ。恥ずかしことといっぱいされて、燃えちゃうタイプだもんなあ」

「いっ、いやあああああーっ！」

後ろから片脚を持ちあげられ、梨乃は悲鳴をあげた。

（うわあっ……）

祐作は瞬きも呼吸もできなくなった。

パンティ一枚で片脚立ちを強要された梨乃の姿は、尋常ではないいやらしさだった。おまけに股間に食いこんだ紐《ひも》状のパンティは、いまにも剝《は》がれて女の恥部という恥部をさらけだそうとしている。

「そーら、ご開帳だ……」

菊川がパンティを片側に寄せ、梨乃の女の花を露わにした。

びしょ濡れだった。

視覚でもはっきり確認できるほど、少し黒ずんだ梨乃の花びらは漏らした発情のエキスでテラテラに濡れ光っていた。

「うへへっ、すごいことになってるぞ」

菊川がすかさず、花びらに指を伸ばしていく。Vサインをつくって女の割れ目を大きくくつろげ、薄桃色の粘膜を露わにする。幾重にも渦を巻いた肉ひだがひくひくと震えながら熱い発情のエキスをこぼし、ツツーッと糸を引いてコンクリートの床に垂れていく。

「ああっ、いやっ！　いやいやいやっ！」

恥ずかしい粘膜まで人目にさらされた梨乃は身も世もなく悶え泣いたが、菊川は後ろからがっちりと押さえこんで離さない。両腿をL字に開いた片脚立ちを強要しつつ、薄桃色の粘膜をいじりはじめる。わざとぴちゃぴちゃと猫がミルクを舐めるような音をたててもてあそんでいく。

「なにがいやだよ。こんなに濡らして、本当は見られて感じまくってるんだろ？」

「違うっ！　違うわ、それは……それは……」

そもそも最近セックスレスだったから欲求不満なのだと言いたかったらしいが、由里の視線を意識して、梨乃は言葉を呑みこんだ。

「違わないだろ」

菊川の右手の中指が女の割れ目をずぶずぶと穿《うが》った。

「はっ、はぁあうううーっ！」

梨乃は片脚立ちの体をビクンッ、ビクンッ、と跳ねあげる。

「そーら、そーら。奥の奥までびしょびしょだ……」

菊川の指が根元までずっぽりと埋まりこんでいく。

（エロい……エロすぎる……）

祐作から蜜壺の中はもちろん見えないけれど、菊川が激しく指を使っていることは、梨乃の反応でわかった。もはや言葉を吐くこともままならず、ひいひいと喉を絞ってよがり泣き、つらそうに眉根を寄せつつも、腰は淫らに動いている。指の動きに合わせて股間が前後に跳ねあがり、まるでもっと刺激してとねだっているようですらある。

「むむっ、すごい締まりだ。指が食いちぎられちまいそうだ……」

熱っぽくつぶやく菊川の様子は、いままでのギャラリーを意識した意地悪げなものと微妙に変化していた。

梨乃の性感を責めることに、陶酔しているようだった。

もはや他人の眼などどうでもよく、眼の前の女を燃え狂わせることだけに集中していることが、ギャラリーの祐作にまでひしひしと伝わってきた。

「よーし、それじゃあ……」

菊川が女の割れ目から指を抜き、持ちあげていた片脚からも手を離した。

「……あふっ」

梨乃は調理台に両手をついてうなだれ、ハアハアと息をはずませた。梨乃のほうもすでに、他人の眼などどうでもよくなっているようだった。

そんな梨乃から、菊川はパンティを脱がした。

よく熟れた二十九歳の尻が、プリンッとはずんで剝き身になる。桃割れの間から発情のフェロモンがむんむんと匂いたっているのが、遠目からでもはっきりとわかる。

菊川は、梨乃の両手を銀色の調理台につかせると、尻を突きださせて、立ちバックの体勢を整えた。

「……いくぞ」

桃割れの間に勃起しきったペニスをあてがい、梨乃のくびれを両手でつかむ。

「ああっ……あああっ……」

振り返った梨乃が、ねっとりと潤みきった瞳で菊川を見る。早く貫いてという心の声が、見ている祐作にも聞こえてくるようだ。

「むううっ！」

菊川がぐっと腰を前に送りだすと、

「んんんんーっ！」

梨乃はくぐもった悲鳴をもらし、もう振り返っていられないとばかりに、垂れた黒髪のなかに欲情に蕩けた顔を隠した。

「熱いっ……熱いぞ、梨乃っ……」

菊川が唸るように言いながら腰をまわし、じりっ、じりっ、と梨乃の中に入っていく。

「こんなに熱くなってるなんて……むううっ、たまらんっ！」

ずんっ、と最奥まで突きあげた。

「はっ、はぁああああああああーっ！」

梨乃が背中を弓なりに反らせて獣じみた悲鳴を放つ。豊かな白い尻と太腿、そして両膝を、挿入の衝撃にガクガク、ブルブルと震わせる。

「き、きてるっ……いちばん奥までっ……と、届いてるううううーっ！」

絶叫を厨房中にこだまさせると、

「むううっ……」

呼応するように菊川がピストン運動を開始した。くびれた腰を引き寄せながら、ぐいぐいと腰を使い、瞬く間にフルピッチのストロークまでギアをあげていく。梨乃のヒップを、パンパンッ、パンパンッ、と打ち鳴らしながら、女体を深々と貫いていく。

「はぁああっ……はぁあああっ……はぁああああっ……」

呼吸と嬌声《きょうせい》が渾然《こんぜん》一体になったものが、梨乃の口から絶え間なく迸っていた。

菊川がストロークのピッチを落ち着けると、振り返って口づけをねだった。

（すげえ……）

もはや祐作と由里は、完全に蚊帳《かや》の外だった。

「うんんっ……うんんんっ……」

菊川が口づけに応え、ネチャネチャと舌をからめあいながら腰を揺すりあう全裸の男女は、どこか神々《こうごう》しくさえあって、先ほどまで浮気の件で喧嘩をしていた夫婦にはとても見えなかった。

5

「ああっ、いいっ！　あなたっ、すごぃいいいいいいーっ！」

立ちバックで後ろから突きあげられながら梨乃が叫び、

「むうっ、たまらんんっ……吸いこまれるっ……吸いこまれちまうっ……」

菊川がうわごとのように言いながら、一心不乱に腰を振る。がらんとした厨房の空気を、ふたりが流している淫らな汗がねっとりと湿らせていく。

（ほとんど獣だよ、もう……）

祐作は胸底で悪態でもつかなければやりきれなかった。

まぐわうふたりまでの距離は二メートル足らず。二、三歩足を踏みだせば手が届く距離であり、肉と肉とがこすれあう卑猥な音がはっきり聞こえ、混じりあう汗の匂いまで鼻先に漂ってくるようだ。

梨乃が菊川にフェラチオを始めた段階で、ジーパンの下ではペニスが痛いくらいに勃起しきって、滲《にじ》みだした我慢汁のせいでブリーフの中がぬるぬるになっていた。いても立ってもいられなくなるような激情が何度もこみあげてきて、こっそりトイレに行ってオナニーをしてしまおうかと思ったことも一度や二度ではなかった。

「ねえ、祐作くん……」

隣の由里が突然手を握ってきて、祐作はビクンッとした。手を握られたことにも驚いたが、その手がじっとりと汗ばんでいることに息を呑んでしまう。

「わたしたちも、しちゃおうか？」

「……はあ？」

祐作は眼を見開いてのけぞった。

「なにを言いだすんですか、いったい……」

「いいじゃないのよ。見せつけられてるだけなんて、わたし、もう我慢できない」

由里の汗ばんだ手のひらが、股間に伸びてきた。ジーンズの硬い生地を盛りあげている

男のテントをぎゅっとつかまれ、

「むううっ！」

祐作は再びのけぞった。つかまれた瞬間、ブリーフのなかで熱い我慢汁がどっと噴きこぼれた。

「ほーら。ほーら。こんなに硬くしちゃって。本当はしたかったんでしょ？」

由里の手指が、触るか触らないかの微妙な力加減で男のテントを撫でさすってくる。ぎゅっとつかまれたあとのフェザータッチだけに、さながら砂漠に水が染みこむように体の芯まで響いてきた。

（まずいよ……いくらなんでも、ここでするなんて……）

眼の前では、菊川と梨乃が盛《さか》っているのだ。ふたりは夫婦の絆《きずな》を確かめあうために人前での性交に及んだわけだが、祐作と由里まで参加したら、一気に相互観賞の変態プレイか、乱交パーティになってしまう。

だが、動けなかった。

すりっ、すりっ、と男のテントを撫でさすられるほどに、体が歓喜に震えだし、次なる刺激を求めてしまう。そんなことをしてはならないと頭では思っているのに、腰がくねくねと動きだしてしまう。

「ふふっ、その気になってくれたみたいじゃない？」

由里は淫靡な笑みをもらすと、祐作の足元にしゃがみこんでベルトをはずし、ジーパンとブリーフを一気に膝までずりさげた。

ぶうんっ、と唸りをあげて勃起しきった肉茎が反り返る。

（まずい……まずすぎる……）

胸底でいくらつぶやいても、祐作の体は金縛りに遭ったように動かなかった。由里が薔薇色の唇を割りひろげ、唾液でぬらぬらと濡れ光る舌を差しだす様子を、固唾を呑んで見守ることしかできない。

「……ぅんあっ！」

由里が舌を躍らせて亀頭の裏側をねっとりと舐めてくると、祐作の体は伸びあがった。体の内側で硬く尖っていた欲情が、生温かい舌の感触に溶けていく。

「うんんっ……ぅんんんっ……」

ペニスの根元をつかんだ由里は、顔を回転させてみるみるうちにペニスの全長を唾液にまみれさせた。由里の口からあふれた唾液が包皮に流れこみ、肉竿をしごかれるとニチャニチャと卑猥な音がたつほどだった。

菊川を見た。

こちらに背中を向けて一心不乱に腰を使っているので、ギャラリーの異変には気づいていないようだ。

「すごい硬いわ、怖いくらい……」

由里は切れ長の美しい眼を欲情に妖しく光らせて、唇をＯの字にひろげた。鼻の下を伸ばしたいやらしすぎる顔つきで、ペニスを大胆に頬張ってくる。

「むむっ……」

祐作は直立不動の気をつけの姿勢になり、厨房の天井を仰いだ。由里は唇を淫らがましく収縮させ、じゅるっ、じゅるるっ、と音を響かせて、男根を吸いしゃぶってくる。

（たまらないよ……）

先ほどの菊川の気持ちが少しだけわかった気がした。

女の唇にペニスをしゃぶられると、身の底から淫のエネルギーが突きあげてきた。いったん溶けかけた欲情が再び鋭く尖っていき、女肉をずぶずぶと貫きたいという凶暴な気分が切実にこみあげてきてしまった。

「も、もういいです……」

祐作は興奮に上ずる声で言うと、いやらしく収縮している唇からペニスを抜き、由里の腕を取って立ちあがらせた。

黒いマイクロミニにぴったりと包まれた逆ハート型のヒップを引き寄せ、梨乃と同じ立ちバックの体勢にする。

スカートをまくると、ナチュラルカラーのパンティストッキングと、バックレースも妖しい黒いパンティが姿を見せた。

「ああんっ、いやんっ……」

言葉とは裏腹に、由里は淫らがましく尻を振りたて、一刻も早い挿入を求めてきた。気持ちは祐作も一緒だった。

自分でも驚くほど素早い動きでマイクロミニのホックをはずしてファスナーをさげ、ウエストのほうにたくしあげた。白いシャツのボタンをはずし、ブラのホックもはずして、腰を使いながらいつでも乳房を揉みしだける体勢を整えた。

パンティとパンストを同時にめくりおろすと、むっと湿った女の匂いが鼻についた。

桃割れの奥に眼を向ければ、アーモンドピンクの花びらが、わずかに口を開いて薄桃色の粘膜をのぞかせ、匂いたつ発情のエキスをタラタラと垂らしていた。

「ねえ、ちょうだいっ……早くっ……」

由里が悩ましい声をもらしながら振り返る。眉根に深々と縦皺を刻み、ぎりぎりまで細めた眼を欲情の涙で濡らした人妻の表情に、淫ら心を撃ち抜かれる。

「……いきますよ」

祐作はいきり勃つ亀頭を花園にあてがった。

ぐいっ、と腰を前に送りだし、煮えたぎるように熱い蜜壺に入っていく。

「はっ、はぁおおおおおおおーっ！」

由里がのけぞって獣じみた悲鳴をあげる。

なにひとつ愛撫を施していないのに、蜜壺のなかはドロドロに濡れていた。

おかげで祐作は、肉と肉とを馴染《なじ》ませる必要もなく、一気呵成《いっきかせい》に子宮口を突きあげた。

「くぅうううーっ！」

ずんっ、と最奥を突きあげられた由里は、逆ハート型の豊満なヒップをぶるぶると震わせて、歓喜を伝えてきた。

その尻に、祐作は連打を放っていく。

わずかに腰を動かしただけで、ずちゅっ、ぐちゅっ、と汁気に富んだ音をたてる蜜壺を、勃起しきった男性器官でぐいぐいと貫いていく。

（違うっ……違うぞっ……）

ペニスに吸いついてくる肉ひだの感触に身をよじりながら、祐作は思った。

童貞を失ったときの感触とは、明らかになにかが違った。

あのときは対面の座位で、いまは立ちバック。挿入の角度が違うので、あたるところが違うのかもしれないと、アーモンドピンクの花びらに吸いつかれているおのが男根を眺めながら思ったが、しかしすぐに、それだけではないと思い直した。

あのときは生身の女性器すら見たこともないまっさらな童貞であり、いまは曲がりなりにも五人の人妻と経験しているのだ。ペニスを使って女のツボを刺激するコツを、体がひとりでに覚えてしまったのかもしれない。そのことが蜜壺の締まり具合にも影響を与えている可能性だってあるはずだ。

「むうっ……むううっ……むううっ！」

鼻息も荒くむさぼるように腰を使うと、

「あああああっ……はぁあああっ……はぁああああああっ……」

由里は身をよじってよがり始めた。

立ちバックのような女を屈服させる体位で、三十路の人妻をよがらせている自信が、祐作にさらなるエネルギーを与える。渾身のストロークをぐいぐいと送りこみ、もっとよがれ、もっとよがれ、と蜜壺を奥の奥まで掻きまわしていく。そうしつつ、両手を伸ばして後ろから双乳をすくいあげる。もみもみと乳肉に指を食いこませながら、ストロークに熱をこめていく。我を忘れて、夢中になってしまう。

「……おい」

声をかけられてハッと我に返った。

いつの間にか菊川がすぐ側まで移動していた。

もちろん、梨乃も一緒だ。

立ちバック姿で繋《つな》がったまま、隣で腰を振りあっていた。

「おまえもなかなかやるじゃないか……」

菊川が汗まみれの顔でニッと笑い、

「いえ、その……そういうわけじゃ……」

祐作は焦ってしどろもどろになってしまった。

けれども腰だけは動いている。

奥へ奥へと吸いこもうとする由里の蜜壺に煽《あお》られて、ピッチを落とすことなどとてもできない。

「よーし、それじゃあ、どっちが先にイカせられるか、競争だっ！」

菊川は言い、パンパンッ、パンパンッ、と梨乃の尻をはじきはじめた。

「はぁうううーっ！　いいっ！　いいわあああああーっ！」

ちぎれんばかりに首を振り、長い髪を振り乱す梨乃は、もはや正気を失ってしまうほど愉悦の海に溺《おぼ》れているようだった。人前で交尾する羞恥など、煮えたぎる欲望の渦の中で溶けてしまったのかもしれない。白い肌をピンク色に上気させ、噴きだした汗でその肌を濡れ光らせ、尻を突きだしてよがる姿は、本能のままに生きる獣の牝そのものだった。

（よーし、こっちだって……）

祐作は息を呑み、逆ハート型をした由里の尻を、パンパンッ、パンパンッ、とはじきたてた。服をはだけた淫乱人妻をひいひいとよがり泣かせていく。

熱狂が訪れた。

興奮の坩堝《るつぼ》と言ってもいい。

ふた組の男女がはずませる呼吸と、絶え間なく放たれる嬌声と、肉と肉とがぶつかりあう打擲音《ちょうちゃく》、そして、性器と性器が摩擦する汁気を帯びた肉ずれ音が渾然一体となって広い厨房に充満し、調理をするための空間をふしだらな魔窟《まくつ》へと変貌させていく。

よがる由里を眺めては、悶える梨乃を見やる。

ふたりの女を同時に犯しているような、得も言われぬ興奮が、全身の血を沸騰させていく。

菊川とは二度と視線を合わせなかったけれど、たまらない連帯感があった。

肩を並べて立ちションベンをしているときの感じと、ちょっと似ていた。しかしこちらのほうが、ずっとアダルトな連帯感だ。恐ろしい先輩に萎縮して玉を縮みあがらせることもなく、隆々と勃起しきった肉茎で同時に女を突いていると思うと、大人になった気がした。イッパシの男になれたような、言い知れぬ自信が湧きあがってきた。

「あああっ、いいっ！　いいわあっ！」

　由里が四肢をよじらせて声を跳ねさせる。

「イッちゃいそうっ……わたし、イッちゃう……」

「ああっ、わたしもっ！」

　梨乃の切羽つまった声が追いかける。

「わたしもイクッ！　イクイクイクイクイクッ……」

「よーし、イケッ！　イクんだ」

　迫り来るオルガスムスにこわばった梨乃の裸身を、菊川が突きあげる。激しく絶頂するんだと言わんばかりに、パンパンッ、パンパンッ、と連打を放つ。怒濤《どとう》の勢いで、よがり泣く妻を追いつめていく。

「むううっ……」

　祐作も、息をとめて連打を放った。

　菊川に対抗するように、パンパンッ、パンパンッ、と由里のヒップを打ち鳴らし、奥の奥までえぐりこんでいく。アクメの前兆に収縮する蜜壺がペニスを食い締め、肉ひだが吸いついてくる。

（もう……もう我慢できないよ……）

射精の前触れを感じながら、フィニッシュの連打を放った。ぐんっとみなぎりを増したペニスが淫らに収縮する蜜壺とどこまでも密着し、すさまじい一体感を運んでくる。

「おうおうっ……出るぞっ出るぞっ……」

雄叫《おたけ》びをあげたのは、菊川だった。

「ああっ、出してっ！　中で出してっ……」

梨乃が上ずりきった声で応える。

「出るぞっ出るぞっ……おおおううーっ！」

「はっ、はぁあうううううううううーっ！」

最後の楔《くさび》を打ちこまれ、梨乃の体がビクンッと跳ねあがった。

「イクイクイクッ……わたしもイッちゃううううううーっ！」

「ああっ、わたしもっ……」

由里が追いかけるように叫んだ。

「わたしもイクッ……イッ、イッちゃううううううううううーっ！」

「むうっ……むううっ……おおおおおおおおおーっ！」

祐作も雄叫びをあげ、アクメの衝撃にぎゅうっと締まった蜜壺の中に煮えたぎる欲望のエキスを噴射させた。からみあう四人の嬌声やうめき声、恍惚にはずむ呼吸を感じながら、ドクンッ、ドクンッ、と長々と放出し、最後の一滴まで漏らしおえても歓喜はいつまでもおさまらなかった。

エピローグ

「おい、祐作っ！」

祐作が店の裏にあるベンチで休んでいると、デリバリから戻ってきた菊川が顔を出した。ランチタイムの注文ラッシュを、力を合わせて乗り越えたばかりだった。

とはいえ、ふたりの間にはひどく気まずい空気が漂っている。

仕事は仕事としてきちんとこなしたものの、今日は朝から一度も私語の類《たぐい》を交わしていない。昨夜、神聖な職場で相互観賞プレイ的な４Ｐをしてしまったせいで、眼を合わせることもできないのである。

「……な、なんでしょうか？」

祐作は上目遣いでチラと菊川をうかがった。

「もしかして、連れション？」

「おいおい、俺が連れションだけの男だと思うなよ。でも、まあいいか。せっかくだからやりに行くべ」

　菊川が表の道路に出ていったので、祐作も続いた。路地裏に入っていき、いつもの場所で立ちどまった。雑草の生えた空き地を囲む金網のところだ。

「それにしても……昨日は興奮したよなあ」

　ズボンのファスナーをさげながら、菊川は遠い目でつぶやいた。

「梨乃とやってあんなに燃えちまうなんて、ホント超久々だったぜ」

「悪いっすよ、先輩……」

　祐作も社会の窓を開きながら答える。

「梨乃さん、先輩のことすごく愛してるのに、浮気ばっかりして。おまけにあんなふうな変態プレイまでさせるなんて……」

「人前で抱いてって言いだしたのは、あいつのほうじゃないか」

「まあ、そうですけど……」

　揃って放尿を開始した。ジョボジョボという間の抜けた音が、昼下がりの空き地にこだまする。

「しかしよお……」

　菊川が横眼を向けてニヤリと笑った。

「あいつもあいつで昨夜はすげえよかったらしくてさあ。また機会があったらしたいわね、なんて言ってたぜ」

「マジすか？」

祐作は素《す》っ頓狂《とんきょう》な声をあげた、とはいえ、心当たりがないでもなかった。今日顔を合わすたびに、梨乃は冴えた頬を生々しいピンク色に染めていた。まるで昨夜のプレイを思い返しているように……。

「マジマジ。あいつはああ見えてけっこう欲望が深い女なんだよ。だからな、４Ｐに参加してくれそうな人妻を探して、早々にまたやろうぜ。なんだったら、今度は相手をチェンジするのもアリでさ」

「ええっ？」

祐作は息を呑んだ。

「ってことは、僕にも梨乃さんを……」

「おうよ。ふたりがかりで梨乃を責めるっていうのも、楽しいかもな。クククッ、どうだ、話に乗るか？」

「いや、その……先輩がどうしてもって言うなら……欲求不満の人妻なら、多少の心当たりはありますし」

祐作は、元モデルのセレブ妻・彩子や、可憐《かれん》な若妻・智美、そして隣の美人妻・京香の話をした。

「なに？　おまえあのセレブ妻とやったのか？　広告代理店の京香さんとも……」

「それより、梨乃さんですよ。本当ですね？　本当にふたりがかりで、奥さんを責めてもいいんですね？」

祐作は思わず想像してしまった。厨房などではなく、ホテルの一室でする、組んずほぐれつの4Pを。バックスタイルで菊川に突きあげられている梨乃に、おのが男根を咥えさせている自分を。そして、その逆も……。

とはいえ、エロい妄想やすけべトークは、小便をしながらするものではない。気がつけばふたり揃って勃起していた。勃起したペニスから小便を出すのは、至難の業だ。

「むむっ、エロいこと考えたせいで勃っちまったじゃねえかよ」

「僕もです。困りましたね」

泣きそうに歪んだ顔を見合わせた。それでもお互いに勃起がおさまる気配はなく、いつまでも肩を並べた連れションの格好のままその場を動けなかった。


（本作品はフィクションであり、実在の個人・団体などとは一切関係がありません）

本書は「週刊アサヒ芸能」（小社発行）08年5月1・8号〜8月14・21号に連載された「人妻が牝になる時」を改題し、新章を加えるなど大幅に加筆訂正したものです。

徳間文庫をお楽しみいただけましたでしょうか。どうぞご意見・ご感想をお寄せ下さい。
宛先は、〒105－8055　東京都港区芝大門2－2－1　㈱徳間書店「文庫読者係」です。

徳間文庫

腰《こし》さわぎ。

© Yû Kusanagi 2009

2009年11月15日 初刷

著者 草《くさ》凪《なぎ》優《ゆう》

発行者 岩渕徹

発行所 東京都港区芝大門二—二—二 〒105—8055
株式会社 徳間書店

電話 編集〇三(五四〇三)四三五〇
販売〇四八(四五一)五九六〇

振替 〇〇一四〇—〇—四四三九二

印刷 製本 株式会社廣済堂

ISBN978-4-19-893065-3
(乱丁、落丁本はお取りかえいたします)

徳間文庫の最新刊

松本美ヶ原殺意の旅 西村京太郎
画家の焼身自殺に不審を持った十津川は殺人として捜査することに

最後の封印 今野敏
歴戦の傭兵の前に立ちはだかる強力な敵。命を賭けた激闘が始まる

子連れ用心棒 **陰謀の果て** 沖田正午
幕閣の権力争いに巻き込まれた竜之介と源吾五度目の対決。書下し

寺子屋若草物語 **夕月夜《ゆうづくよ》** 築山桂
一文稽古の子供の間に諍いが。母親同士も仲が悪いらしい。書下し

べらんめぇ! 水底の死美人 鳴海丈
瓦版屋の手伝い修吉は事件に巻き込まれてばかり。江戸の青春群像

時代推理傑作選 **死人に口無し** 日本推理作家協会編
古今の時代推理小説から最高傑作を厳選。人気作家勢揃いの短篇集

乾坤の夢 下 津本陽
戦国乱世を時を待ちつつ生き抜き天下を掌握した家康の不屈の精神

あなただけを 七つの疼き 藍川京
満たされるこの悦び。七人の女性が繰り広げる幸せ探しの性愛物語

腰さわぎ。 草凪優
総菜デリバリーの童貞バイト。顧客は熟れごろ(欲求不満)の奥様方

情愛迷路 末廣圭
性の迷路にはまり深淵までとことん堕ちてゆく女。もう止まらない

鳥のように、川のように 森の哲人アユトンとの旅 長倉洋海
アマゾンの先住民は言う。生を受け生きていること自体が素晴しい

華麗なる鳩山一族の野望 大下英治
新総理・鳩山由紀夫はどう作られたか? 一番詳しい〈由紀夫本〉

『坊っちゃん』と日露戦争 もうひとつの『坂の上の雲』 古川愛哲
日露戦争当時、漱石を始め著名人が日本をどう捉えていたかを綴る

『坂の上の雲』まるわかり人物烈伝 明治「時代と人物」研究会編著
大国ロシアと戦い抜いた明治の男たちはなぜここまで強かったのか

井沢式「日本史入門」講座 2 万世一系/日本建国の秘密の巻 井沢元彦
日本人は無宗教か。否。独自の信仰が歴史に大きく影響しているのだ